Défi 2

A2

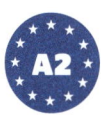

MÉTHODE DE FRANÇAIS
CAHIER D'EXERCICES

Auteurs :
Pascal Biras
Monique Denyer
Audrey Gloanec
Stéphanie Witta

Camille de Rongé (phonétique)
Nancy Verhulst (phonétique)
Alexandra Horquin (DELF)

Éditions maison des langues
www.emdl.fr/fle

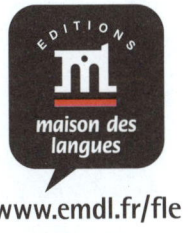

DÉFI 2 - CAHIER D'EXERCICES - Niveau A2

AUTEURS
Pascal Biras *(unités 3 et 7)*
Monique Denyer *(unités 5 et 6)*
Audrey Gloanec *(unités 2 et 4)*
Stéphanie Witta *(unités 1 et 8)*
Camille de Rongé *(phonétique)*
Nancy Verhulst *(phonétique)*
Alexandra Horquin *(DELF)*

CONCEPTION GRAPHIQUE ET COUVERTURE
Miguel Gonçalves, Pablo Garrido *(couverture)*

MISE EN PAGE
Ana Varela, Laurianne Lopez, Antídot Gràfic

ILLUSTRATIONS
Daniel Jiménez

ÉDITION ET RÉVISION PÉDAGOGIQUE
Virginie Karniewicz, Aurélie Buatois, Audrey Avanzi
Araceli Rodríguez *(phonétique)*

CORRECTION
Martine Chen

ENREGISTREMENTS
Blind records

Merci à nos «voix», disponibles et sympathiques.

©**PHOTOGRAPHIES ET IMAGES** Couverture : Hemis / Alamy Foto de stock; **Unité 1** : p.5 Rostichep/Adobestock;mikkelwilliam/Istock;LeoPatrizi/Istock;Aris Suwanmalee/Adobestock;p. 6 dash1502/Adobestock;p. 7 Beavera/Dreamstime;Photopherlondon/Dreamstime;alexandre zveiger/Adobestock ; travelview/Adobestock;p. 8 Jiri Hera/Dreamstime;Nina Sinitskaya/Gettyimages;Oleksii Afanasiev /Dreamstime;alexbush/Adobestock;fotomatrix/Adobestock;Photodynamx/Dreamstime;gavran333/Adobestock;angelo.gi/Adobestock;Airdone/Dreamstime;Mohamed Osama/Dreamstime;Araya Pacharabandit/Dreamstime;Ludmilafoto /Dreamstime;Pierre Moussart/Adobestock;Chickaen/Adobestock;meailleluc.com/Adobestock; para_graph/Adobestock; JanSommer/Adobestock;Stefani Brügge/Adobestock;Gresei/Adobestock;p.10 Pär Henning/WikimediaCommons;B.Grateful/Adobestock; **Unité 2** : p. 13 ranplett/Gettyimages;Eric Hood/Adobestock;Ivan Kruk/Adobestock;Abalg/WikimediaCommons;p. 14/ursule/Adobestock;n3d-artphoto.com/Adobestock;Makuba/Adobestock;Richard Villalon/Adobestock;p. 16 Max Halberstadt/WikimediaCommons;p. 17 Zlatan Durakovic/Adobestock;adamchuk_leo/Adobestock;p. 18 ChantalS/Adobestock;Patryssia/Adobestock;Qzian/Adobestock; **Unité 3** :p. 21 Comugnero Silvana/Adobestock;Annapustynnikova/Dreamstime;Myrabella/WikimediaCommons;sewcream/Adobestock;p. 22 kazy/Adobestock; uckyo/Adobestock;SOLLUB/Adobestock;David Pimborough/Adobestock;Bablo/Adobestock;exclusive-design/Adobestock;GreenArt/Adobestock;p. 23 Comugnero Silvana/Adobestock;coscaron/Istock;fudio/Adobestock;plprod/Adobestock;lucentius/Istock;GMVozd/Istock;p. 24 ALF photo/Adobestock;p. 25 DGLimages/Adobestock;baranq/Adobestock;p. 26 Eveleen007/Dreamstime;Maksim Shebeko/Adobestock; **Unité 4** : p. 29 Maria Carme Balcells/Dreamstime;Woraphon Banchobdi/Dreamstime ; Arthur Crbz/WikimediaCommons;Misterbeautiful /Dreamstime;p. 30 Matimix/Dreamstime;Bowie15/Dreamstime;Microgen/Adobestock;Monkey Business Images /Dreamstime;nd3000/Adobestock;Alison Bowden/Adobestock;Simon Coste/Adobestock; ImagesMy/Adobestock;Sandra Van Der Steen /Dreamstime;Africa Studio/Adobestock;L.Bouvier/Adobestock;Miramiska/Adobestock;the_lightwriter/Adobestock; eightstock/Adobestock; Dmitry Naumov/Adobestock ; p-fotography/Adobestock ; Syda Productions/Adobestock; Julien Eichinger/Adobestock;p. 31 cherylvb/Adobestock;Ljupco Smokovski/Adobestock ; AYAimages/Adobestock;derlek/Adobestock;Qiteng T/Adobestock;Kzenon/Adobestock;DragonImages/Adobestock;Innovated Captures/Adobestock;tzahiV/Istock;Geber86/Istock ; Paket/Istock;Constantinis/Istock;p. 32 Rémy MASSEGLIA/Adobestock;Paulus Rusyanto/Dreamstime;milphoto/Adobestock; Image Source/Adobestock;PHILETDOM/Adobestock;asferico/Adobestock;Fabio Formaggio /Adobestock;p. 33 Oleg_0/Istock;p. 34 astrosystem/Adobestock;Katarzyna Bialasiewicz/Dreamstime;STUDIO GRAND OUEST/Adobestock;matimix/Adobestock;kosmos111/Adobestock;Mike Fouque/Adobestock;p. 36 yanlev/Adobestock;Beboy/Adobestock ; Christin Lola/Adobestock;Bernard GIRARDIN/Adobestock;Klaus Eppele/Adobestock;plprod/Adobestock;JK/Adobestock; **Unité 5** : p. 37 Riccardo Lennart Niels Mayer/Dreamstime ; sebra/Adobestock;Drivepix/Adobestock;SvetaZi/Istock;p. 38 auremar/Adobestock;Patryssia/Adobestock;Eléonore H/Adobestock; Claude SCHOTT/Adobestock;Ishan Gupta/Unsplash ; p. 39 Eléonore H/Adobestock;Sergey Nivens/Adobestock;p. 40 DM7/Adobestock;Ayamap/Adobestock;JANIFEST/Istock;AlexSava/Istock ; jonasginter/Adobestock ; alexkich/Adobestock;p. 41 Nevena1987/Istock;p. 42 vgajic/Istock;Roberto Lucci /Dreamstime;Simon Davis/DFID/WikimediaCommons ; p. 43 leodeep/Adobestock;Nebojsa/Adobestock;pressmaster/Adobestock; Agence DER;madtom/Adobestock;aurelien66/Adobestock;tashatuvango/Adobestock ; Robert Kneschke/Adobestock ; **Unité 6** : p. 45 KatarzynaBialasiewicz/Istock;sepy/Adobestock;LIGHTFIELD STUDIOS/Adobestock;aytuncoylum/Adobestock;p. 46 sharpnose/Adobestock;sharpnose/Adobestock ; sharpnose/Adobestock;sharpnose/Adobestock;ilyast/Istock;p. 47 karnoff/Istock;Spectral-Design/Adobestock;Danilo Rizzuti/Adobestock;STUDIO GRAND OUEST/Adobestock;redhorst/Adobestock;treter/Adobestock;treter/Adobestock;p. 48 Atlantis/Adobestock;nali/Adobestock ; Atlantis/Adobestock;amarettomilk/Adobestock;Julien Tromeur/Adobestock;Atlantis/Adobestock;Y. L. Photographies/Adobestock;sophiegut/Adobestock;p. 49 AZP Worldwide/Adobestock;njphotos/Adobestock;ty/Adobestock;p. 50 Chany167/Adobestock;Voyagerix/Adobestock; **Unité 7** : p. 53 Ferdericb/Dreamstime;Ekaterina Pokrovsky/Adobestock;Medpro/Flickr ; Oli Lynch/Flickr;p. 54 Julien Lanoo/Flickr;Guido Radig/WikimediaCommons;p. 56 Agence Elizabeth de Portzamparc/WikimediaCommons ; Olivier Duquesne/Flickr;Nantes culture&patrimoine/WikimediaCommons;p. 57 Kara/Adobestock;jinga80/Adobestock;p. 59 iukhym_vova/Adobestock;freefly/Adobestock;pict rider/Adobestock ; Monkey Business/Adobestock;mpanch/Adobestock;Weblody/Adobestock; **Unité 8** : p. 61 deimagine/istock ; Bùi Thuy Đào Nguyên/WikimediaCommons;Joachim Martin/Adobestock;Andreykuzmin/Adobestock;p. 62 Ashim D'Silva/Unsplash;miklyxa/Adobestock;Patrick J./Adobestock;anonyme/Pxhere;balisnake/Adobestock ; werner-du-plessis/Unsplash;p. 63 Brad Pict/Adobestock;Leung Cho Pan/Dreamstime;Free-Photos/pixabay ; contrastwerkstatt/Adobestock;Mimagephotography/Dreamstime;p. 64 mariesacha/Adobestock; lil_22/Adobestock;Freepik/Adobestock;Pascal Moulin/Adobestock;NoraDoa/Adobestock ; robertharding/Adobestock;Lozz/Adobestock;p. 65 PocholoCalapre/Istock; **DELF** : p.71 Richair /Dreamstime;spotmatikphoto/Adobestock;Syda Productions/Dreamstime ; Aprescindere/Dreamstime;Christophe Fouquin/Adobestock;celeste clochard/Adobestock;p. 72 jlkz1/Adobestock;zuchero/Adobestock;Delphotostock/Adobestock;p. 73 rattodisabina/Adobestock;hofred/Istock;Logostylish/Adobestock;p. 74 Mikolette/Istock;Jacob Lund/Adobestock;djile/Adobestock;nd3000/Adobestock;p. 75 Ilvy Njiokiktjien/WikimediaCommons ; p. 76 Talaj/Adobestock;p. 77 salamahin/Adobestock.

Tous les textes et documents de cet ouvrage ont fait l'objet d'une autorisation préalable de reproduction. Malgré nos efforts, il nous a été impossible de trouver les ayants droit de certaines œuvres. Leurs droits sont réservés à Difusión, S. L. Nous vous remercions de bien vouloir nous signaler toute erreur ou omission ; nous y remédierions dans la prochaine édition. Les sites Internet référencés peuvent avoir fait l'objet de changement. Notre maison d'édition décline toute responsabilité concernant d'éventuels changements. En aucun cas, nous ne pourrons être tenus pour responsables des contenus de liens vers des tiers à partir des sites indiqués.

© Difusión, Centre de Recherche et de Publications de Langues, S.L., 2018
ISBN : 978-84-18032-33-2
Réimpression : août 2024
Imprimé dans l'UE

Toute forme de reproduction, distribution, communication publique et transformation de cet ouvrage est interdite sans l'autorisation des titulaires des droits de propriété intellectuelle. Le non-respect de ces droits peut constituer un délit contre la propriété intellectuelle (art. 270 et suivants du Code pénal espagnol).

www.emdl.fr/fle

SOMMAIRE

UNITÉ 1.	À quoi ça sert ?	P. 5-12
UNITÉ 2.	Un comprimé matin, midi et soir	P. 13-20
UNITÉ 3.	Un vrai cordon bleu	P. 21-28
UNITÉ 4.	En pleine forme	P. 29-36
UNITÉ 5.	Mention très bien	P. 37-44
UNITÉ 6.	Gagner sa vie	P. 45-52
UNITÉ 7.	Un chef-d'œuvre !	P. 53-60
UNITÉ 8.	Ça vaut le détour !	P. 61-68
DELF		P. 69-77
TRANSCRIPTIONS		P. 78-86

À quoi ça sert ?

01

UNITÉ 1 — À QUOI ÇA SERT ?

L'e-commerce

1. Écoutez ces trois personnes présenter leurs habitudes de consommation sur Internet. Cochez le nom de la personne citée pour chaque témoignage.

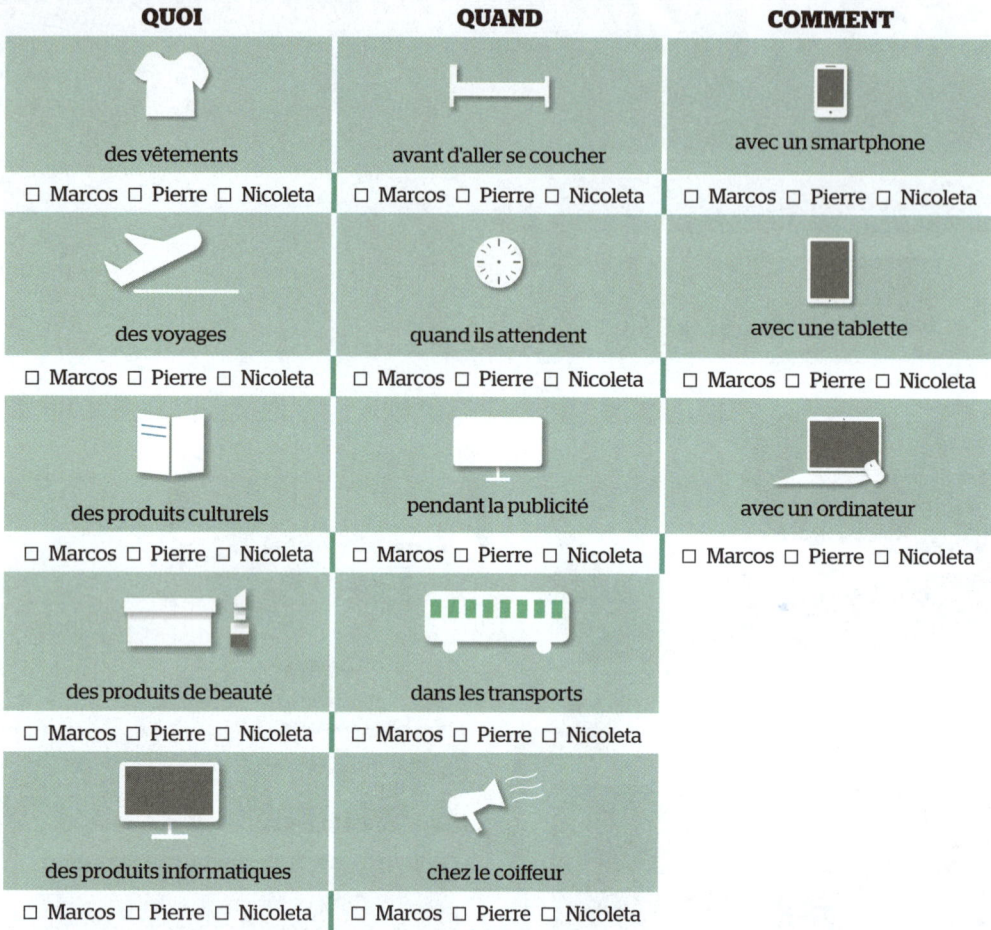

2. Faites des recherches sur le commerce en ligne dans votre pays. Rédigez un court texte pour présenter les habitudes des consommateurs.

Les pronoms relatifs *qui*, *que* et *où*

3. Complétez l'article avec les pronoms *qui*, *que* et *où*.

Tale Me, louez des vêtements pour enfants !

Anna Balez est la fondatrice de Tale Me, une boutique en ligne .... loue des vêtements pour les enfants de 0 à 6 ans et les futures mamans. Deux périodes de la vie .... on ne porte pas longtemps ses vêtements. Le système est simple : vous vous abonnez en ligne et vous recevez une boîte de 3 ou 5 vêtements (19 ou 29 €) .... vous avez sélectionnés sur le site. Vous pouvez recevoir votre paquet .... vous voulez (chez vous, au bureau ou à la boutique à Bruxelles). Après 2 mois, vous échangez ces vêtements contre des nouveaux ! Ils sont écologiques et sans produits chimiques. Ce sont des créatrices belges et françaises .... les fabriquent. Si un vêtement .... vous louez est abîmé, ce n'est pas un problème. La réparation et le nettoyage sont compris dans le prix de l'abonnement. Ça permet de donner du travail aux couturières, un métier .... a presque disparu en Belgique. Posséder, c'est du passé... Nous sommes de plus en plus nombreux à chercher une alternative à la « fast fashion » .... remplit nos armoires et vide notre porte-monnaie. Pour moi, le XXIe siècle est le siècle .... nous apprenons à consommer moins et à diminuer nos dépenses et nos déchets !

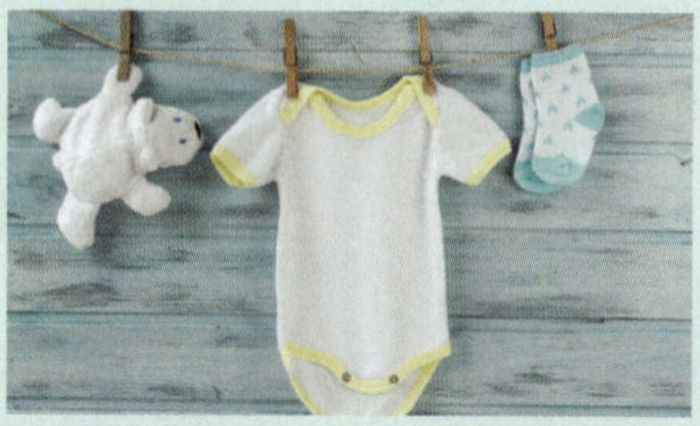

À QUOI ÇA SERT ? — UNITÉ 1

4. Complétez la description de ces sites Internet.

Amazon :
- C'est un site qui...
- C'est un site que...

Wikipédia :
- C'est un site qui...
- C'est un site que...

Baidu :
- C'est un site qui...
- C'est un site où...

YouTube :
- C'est un site que...
- C'est un site où...

5. Complétez la liste avec les pronoms *qui* ou *que*. Puis, complétez-la avec vos objets comme dans l'exemple.

— *L'objet que je préfère : mon carnet de rêves.*

L'objet...
- ...... je préfère : ......
- ...... m'est absolument nécessaire : ......
- ...... je peux jeter tout de suite : ......
- ...... je garde pour des raisons sentimentales : ......
- ...... ne me quitte pas : ......
- ...... je garde pour mes enfants : ......
- ...... ne sert à rien, mais que j'adore : ......
- ...... je voulais donner et que je garde : ......

6. Ensuite, à deux, citez un objet de votre liste. Votre camarade devine à quelle catégorie il correspond.

- *Un caillou en forme de cœur.*
- *C'est un objet qui ne sert à rien, mais que tu adores.*
- *Oui !*

Le verbe *jeter*

7. Complétez ces dialogues avec le verbe *jeter* à l'infinitif ou conjugué au temps qui convient.

1. — Et ça ? Tu le gardes ou tu le .... ?
   — Je le ....
2. — Est-ce qu'ils vont .... tous ces livres ? Ils ne veulent pas les donner à la bibliothèque ?
3. — Mes voisins ne trient pas leurs déchets. Ils .... tout dans la même poubelle.
4. — La semaine passée, ma fille .... tous ses posters de Maître Gims à la poubelle.
5. — Tous les matins, ma grand-mère .... du pain aux oiseaux.
6. — Nous ne .... pas beaucoup de vêtements, parce que nous les donnons à des associations.
7. — Les enfants, ne .... pas vos papiers par terre ! Il y a une poubelle juste à côté de vous.

8. Jouez au minsgame. Le premier jour, vous donnez ou jetez un objet ; le deuxième jour, deux objets, et ainsi de suite jusqu'à jeter ou donner sept objets. Aidez-vous du schéma du livre de l'élève page 20 pour faire le tri. Listez les objets jetés et décrivez ce que vous ressentez à un/e camarade.

9. Choisissez un objet que vous allez jeter. Écrivez-lui un poème qui liste cinq raisons de le jeter.

— *Mon amour de ticket,
Je te jette parce que je n'ai plus besoin de toi,
Parce que les souvenirs de ce premier rendez-vous sont dans mon cœur...*

Le comparatif

10. Ces personnes ont posté des commentaires sur le blog *Vivre mieux*. Complétez-les à l'aide des étiquettes.

VIVRE MIEUX

JULIE

`plus de`   `meilleure`   `moins`   `moins de`

▶ Je déteste faire le ménage, ranger la maison, parce que je trouve que c'est une perte de temps. Tu dis dans ton blog que « quand on possède .... , on passe .... temps à ranger. » J'ai voulu essayer... Et tu as raison !!! J'ai .... temps pour faire ce qu'il me plaît et je suis de .... humeur. Merci pour tes conseils !

KATIA

`moins d'...`   `plus... que`   `moins`

▶ Ma copine Charlotte et moi avons visité le Chili pendant deux mois. Elle a ri quand elle a vu mes bagages qui étaient deux fois .... lourds .... son petit sac à dos. Elle m'a appris à faire le tri : 2 pantalons, 3 tee-shirts, 1 pull-over... Pour un voyage avec un sac à dos, c'est très important de partir avec le minimum : quand on prend .... affaires, on en porte ....

GÉRARD

`moins (x2)`   `mieux`   `aussi... qu'`

▶ Ma mère adore le minimalisme. J'ai grandi dans une maison .... vide .... un désert. Encore aujourd'hui, quand j'achète quelque chose, j'entends sa voix me dire : en as-tu vraiment besoin ? Je sais que consommer .... , c'est .... Mais dans ma famille, l'achat plaisir n'existe pas... Avec mes enfants, je suis .... radical : ils peuvent acheter ce qui leur fait plaisir avec leur argent de poche.

TOM

`autant de... que...`   `plus que`   `meilleure`

▶ C'est une mode pour les riches. Dans ma famille, on a pratiqué le minimalisme sans le vouloir... Aujourd'hui, j'ai un bon travail et une .... qualité de vie. Je ne veux pas me sentir coupable parce que je consomme .... mon voisin. J'ai envie d'avoir .... meubles .... je veux ! Et c'est bon pour notre économie !

UNITÉ 1 — À QUOI ÇA SERT ?

11. Reliez ces phrases entre elles.

1. Diedriek possède autant ....
2. Fabrice est aussi ....
3. Ta sœur range sa chambre plus ....
4. Quand on range, on se sent ....
5. Pratiquer le minimalisme aide à avoir une vie ....
6. Je ne fais pas très attention à mes affaires. Je les garde moins ....

a. souvent que toi.
b. longtemps que mes frères.
c. mieux.
d. de paires de baskets que moi.
e. meilleure.
f. organisé que moi.

Le minimalisme

12. Écoutez la présentation du livre de Dominique Loreau, *l'Art de la simplicité*. Puis, répondez aux questions.

1. De quel pays vient l'art de vivre que propose Dominique Loreau ? ....
2. Selon l'auteure, que permet le minimalisme ? (2 réponses)
3. À quel mode de vie s'oppose son livre ? ....
4. Pour l'auteure, où se trouve notre bonheur ? ....

Les objets connectés

13. Complétez la description de ces deux objets sur le site Objets connectés à l'aide des étiquettes.

OBJETS CONNECTÉS

Caractéristiques
.... : 3,4 cm de diamètre et 0,99 cm d'...........
.... : 20 g

| couleurs | poids | en (x2) |
| léger | épaisseur | plastique | dimensions |

Ce porte-clés ...., seulement 20 g, vous permettra de retrouver vos clés en deux secondes. Il est en .... et il existe en deux .... : .... noir ou .... rouge. Il est aussi utile pour enregistrer des messages vocaux, pour reconnaître une musique ou un programme entendu à la radio.

| d'or | étroit | fine | grand | formes |

Ce tatouage révolutionnaire sert à contrôler vos objets connectés à distance. Il n'est pas permanent, il a une durée de vie de deux à trois jours. Il est fabriqué avec une .... feuille .... et il existe en différentes .... Il peut être de la taille que vous voulez : petit ou ...., ... ou large, les choix sont multiples. Les fans du connecté vont adorer !

Décrire un objet (forme, fonction, utilité)

14. Choisissez un objet et complétez cette annonce pour le vendre en ligne. Les sites de vente en ligne conseillent de mettre une photographie et de décrire avec précision.

LE BON ENDROIT

Objet : ....

Prix : ....
Ville : ....
Description : ....

15. Reliez chaque photo à la bonne description.

1. Bottes à talons en cuir. Taille 38.
2. Plat rectangulaire en bois.
3. Montre en or blanc 24 carats. Bracelet fin (1 cm).
4. Pull léger en coton fin vert clair. Taille 40.
5. Manteau beige épais en laine. Taille 44.
6. Montre pour enfant. Bracelet en plastique.
7. Plat ovale en verre.
8. Bottes en caoutchouc. Taille 36.

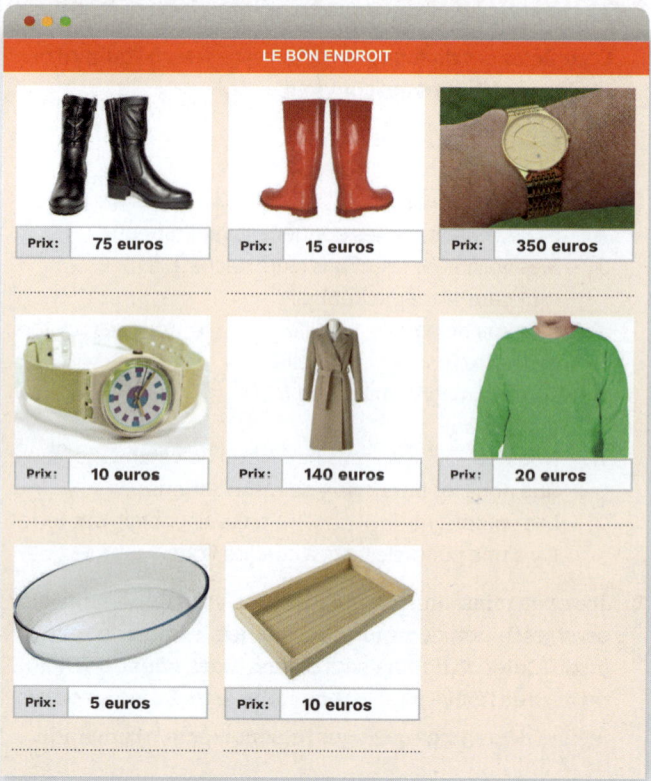

LE BON ENDROIT

Prix : 75 euros | Prix : 15 euros | Prix : 350 euros
Prix : 10 euros | Prix : 140 euros | Prix : 20 euros
Prix : 5 euros | Prix : 10 euros

16. Écoutez la présentation de ces inventions et complétez leur fiche.
3

Objet :	Objet : ....
Utilité :	Utilité : ....
Matériau :	Matériau : ....
Dimensions :	Dimensions : ....
Prix :	Prix : ....

17. Faites des recherches sur un objet inventé dans votre pays. Rédigez quelques phrases pour le présenter.

....

....

....

18. Voici les sacs et les valises d'une bagagerie. À deux, choisissez un sac ou une valise parmi les photos. Vous le décrivez et votre camarade le retrouve.

- *Il est de taille moyenne. Il est en cuir...*
- *C'est celui-ci !*

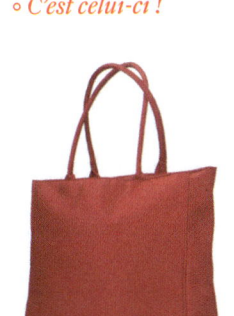

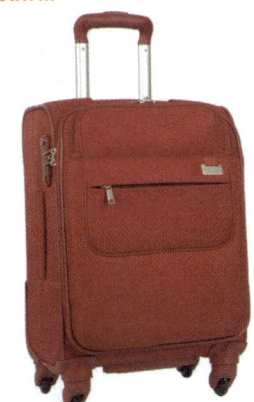

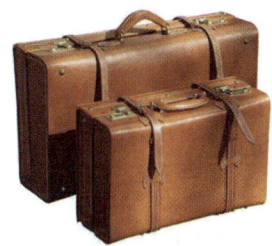

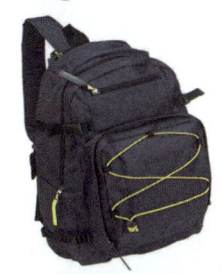

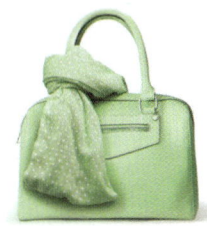

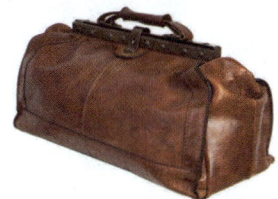

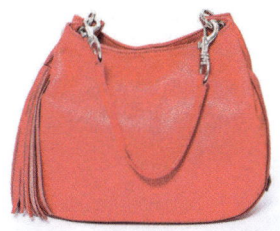

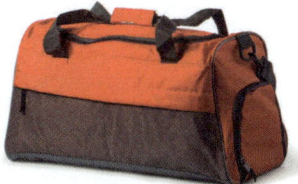

19. Complétez les phrases avec les verbes *servir* ou *permettre* conjugués. Puis, devinez de quoi il s'agit.

1. Elles .... à protéger les yeux du soleil.
   Réponse : ....
2. Je suis un moyen de transport à deux roues. Je .... aux gens de se déplacer sans polluer.
   Réponse : ....
3. Elle .... à ranger ses vêtements.
   Réponse : ....
4. Il .... à garder les aliments au frais.
   Réponse : ....
5. Elles .... aux utilisateurs de donner les objets qu'ils n'utilisent plus.
   Réponse : ....
6. Il .... à parler à quelqu'un qui n'est pas là.
   Réponse : ....
7. Elles .... à tenir chaud aux pieds.
   Réponse : ....
8. Elle .... de connaître l'heure.
   Réponse : ....

20. À votre tour, écrivez trois devinettes. Posez-les à votre voisin/e.

....

....

....

21. D'après vous, que proposent ces sites ? À quoi servent-ils ? Écrivez vos réponses à l'aide des noms de sites et des étiquettes.

Ebay.com | Laruchequiditoui.fr | Blablacar.fr | Bibliotroc.fr | Trocmaison.com

servir à | permettre de | être utile à | grâce à | utiliser pour | être idéal pour | à l'aide de

....

....

....

....

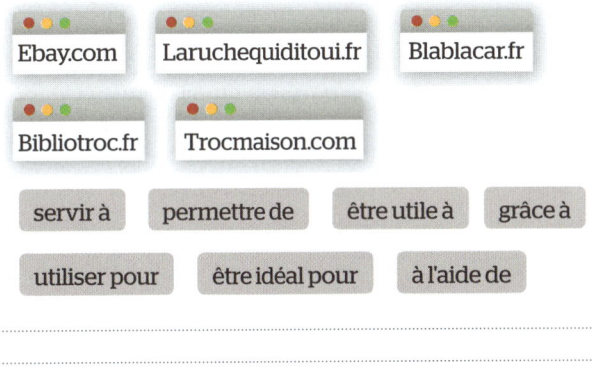

La consommation responsable

22. Écoutez les présentations de trois initiatives citoyennes. Pour chaque initiative, dites qui la présente. Puis, complétez le tableau avec les informations entendues.
4

	personne nº...	personne nº...	personne nº...
Qu'est-ce que c'est?	*Cozycar*	*les potagers collectifs*	*les Repair Cafés*
Comment ça fonctionne?			
À quoi ça sert?			

UNITÉ 1 — À QUOI ÇA SERT ?

23. Expliquez une initiative de consommation responsable qui vous plaît. Rédigez un petit texte.

....
....
....
....

une inscription		
une collection		
un commencement		
une vente		
une exposition		

Les pronoms démonstratifs

24. Complétez ces extraits de dialogue avec les bons pronoms démonstratifs. Puis, écoutez-les pour vérifier vos réponses. (🎧 5)

Dialogue 1

Vendeur	Bonjour, monsieur. Je peux vous aider ?
Client	Oui, je cherche des chaussures marron en cuir.
Vendeur	Quelle est votre pointure ?
Client	44.
Vendeur	En 44, il me reste .... ou ....
Client	Je vais essayer les deux modèles....

Dialogue 2

Boulanger	Bonjour, madame.
Cliente	Bonjour. J'aimerais une baguette, s'il vous plaît.
Boulanger	Tenez.
Cliente	Non, pas .... Elle est trop cuite.
Boulanger	.... , ça va mieux ?
Cliente	Oui. Merci.

Dialogue 3

Clara	Je ne sais pas quoi porter pour mon rendez-vous avec la directrice...
Liz	Il faut te sentir bien et sûre de toi.
Clara	Hum. Que penses-tu de ce tailleur ?
Liz	Un peu trop sexy.
Clara	C'est vrai. Et .... ?
Liz	Trop strict.
Clara	Bon... .... alors ?
Liz	Ben voilà, parfait !

Le passé composé

25. Retrouvez l'infinitif et le participe passé des verbes utiles pour raconter la vie d'un artiste. Conjuguez-les au passé composé à la troisième personne du féminin pluriel.

	infinitif et participe passé	conjugaison
une naissance	*naître / né*	*Elles sont nées.*
des études		
une rencontre		
une création		
une peinture		

26. Voici une courte biographie de Niki de Saint Phalle. Conjuguez les verbes entre parenthèses au passé composé.

Les Nanas, 1974

Niki de Saint Phalle .... (naître) le 29 octobre 1930 en France. Elle .... (mourir) en Californie le 21 mai 2002. D'abord, elle .... (être) mannequin, puis elle .... (devenir) peintre, sculptrice et réalisatrice. Elle .... (ne pas suivre) de cours dans une école d'art, mais elle .... (s'inspirer) de plusieurs courants artistiques. Elle .... (réaliser) une série d'œuvres sur la place de la femme dans la société. En 1963, elle .... (créer) *La Mariée* qui exprime la révolte de l'artiste contre les règles imposées aux femmes par la société. Elle .... (se marier) deux fois. D'abord, elle .... (épouser) Harry Mathews, avec qui elle .... (avoir) deux enfants. Puis, elle .... (rencontrer) l'artiste Jean Tinguely. Ils .... (se marier) en 1971.

27. Voici une courte biographie de Mary Ellen Croteau. Complétez le texte avec les verbes entendus. (🎧 6)

Mary Ellen Croteau .... en 1950 à Chicago. Elle .... la sculpture à l'université de l'Illinois, puis elle .... aux beaux-arts à l'université Rutgers, en 1998. Son travail .... de nombreux prix et plusieurs journaux .... des critiques de ses œuvres. Pour faire son autoportrait, elle .... des bouchons en plastique.

PROSODIE - L'enchaînement vocalique

28. Écoutez les phrases et marquez l'enchaînement vocalique, comme dans l'exemple.

— J'ai‿envie. [ʒeãvi]

> **L'enchaînement vocalique**
> - En français, on ne fait pas de pause entre tous les mots. La syllabe phonétique ne correspond pas toujours à la syllabe graphique, à cause de certains phénomènes comme **l'enchaînement**, **la liaison**, **l'élision** ou les **lettres muettes**.
> - Si deux voyelles se suivent, la voix ne s'arrête pas, on prononce chaque voyelle et on les lie : c'est **l'enchaînement vocalique**.
> Ex.: *Les Français achètent en ligne ou en magasin ?*
> [lefʀɑ̃sɛaʃɛt // ɑ̃liɲuɑ̃magazɛ̃]

1. Un mot anglais.
2. Tu as envie.
3. À une association.
4. Une consommation importante.
5. Un Canadien achète en ligne.
6. Un moment réservé à la détente ou aux loisirs.

29. Écoutez les phrases et découpez-les en groupes rythmiques. Puis, marquez les enchaînements vocaliques.

— *Les Français‿achètent // en ligne ou‿en magasin ?*
(2 groupes rythmiques).

> **Le groupe rythmique**
> En français, quand on parle, on ne sépare pas tous les mots : on lie les mots. C'est le **groupe rythmique**. Dans les phrases, on fait une pause (= une respiration) après un groupe rythmique.

1. Combien de Français achètent en ligne ?
2. Combien achètent en ligne ?
3. Quand achètent-ils en ligne ?
4. Comment achètent-ils en ligne ?
5. Qui achète en ligne ?
6. Où achètent-ils en ligne ?
7. Ils achètent en ligne et en magasin.
8. Ils achètent en ligne et aussi en magasin.

30. Écoutez les expressions et cochez si vous entendez un enchaînement vocalique ou pas.

	Oui	Non
Le groupe choisit ensemble.		
Un groupement d'achat en commun.		
Pour consommer autrement.		
Le responsable choisit seul.		
Une économie plus solidaire.		

31. En petits groupes, un/e élève propose un mot dans les étiquettes, les autres doivent chercher dans les exercices précédents et prononcer une phrase avec ce mot et un enchaînement vocalique.

- « où »
- Où achètent-ils en ligne ?

| où | tu | combien | groupement | envie |
| qui | canadien | consommer | | |

PRONONCIATION - Le son [ɔ̃]

32. Écoutez les dialogues et répétez-les avec votre camarade. Pincez-vous le nez quand vous lisez *on*. Ensuite, écrivez *onne* quand vous entendez [ɔn] et écrivez *on* quand vous entendez [ɔ̃].

1. On s............ à la porte.
   - B............ jour !
   - B............ jour ! C'est pour un d............ ?
   - N............, je viens pour le RCR (Réseau de c............ sommateurs resp............ sables).
   - Très bien ! Je veux bien rép............ dre à vos questi............ s.

2. Au restaurant, le garç............ et le client.
   - B............ soir, monsieur. Vous préférez le poiss............ ou le mout............ ?
   - Le poiss............, c'est très b............ surtout le saum............ .

3. Entretien professi............ el
   - Comment s'appelle votre patr............ ?
   - C'est une patr............ .
   - Ah b............ ! C'est une b............ pers............ ?

> **Le son [ɔ̃]**
> Quand on prononce le son [ɔ̃], l'air sort par la bouche et par le nez. C'est un son nasal. Si c'est difficile, on peut commencer par dire [o] en se pinçant le nez. Le son [ɔ̃] est l'équivalent nasal de [o].

UNITÉ 1 — À QUOI ÇA SERT ?

PRONONCIATION - La discrimination des sons [ɑ̃] et [õ].

33. Écoutez, puis répétez pour distinguer les deux voyelles nasales [ɑ̃] et [õ]. Indiquez ce que vous entendez dans le tableau.

🎧 11

	J'entends d'abord [õ]	J'entends d'abord [ɑ̃]
1.		
2.		
3.		
4.		
5.		

PRONONCIATION - Discrimination *ils sont* ou *ils ont*

34. Distinguez-vous les auxiliaires *avoir* et *être* au passé composé ? Écoutez et associez au son que vous entendez.

🎧 12

	Ils sont [ilsõ]	Ils ont [ilzõ]
1.		
2.		
3.		
4.		
5.		
6.		

Autoévaluation

Mes compétences à la fin de l'unité 1

Je suis capable de...	J'ai encore des difficultés à...	Je ne suis pas encore capable de...	
			décrire mes habitudes de consommation.
			parler de la consommation responsable.
			décrire quelque chose (fonction, utilité).
			présenter une invention.
			décrire un objet.
			présenter un/e artiste.

Mon bagage sur cette unité

1. Qu'est-ce que vous avez appris sur la culture française et francophone ?

2. Qu'est-ce qui vous a le plus intéressé et / ou étonné ?

3. Qu'est-ce qui est différent par rapport à votre culture ? Et qu'est-ce qui est similaire ?

4. Vous aimeriez en savoir plus sur...

Un comprimé matin, midi et soir

02

UNITÉ 2 — UN COMPRIMÉ MATIN, MIDI ET SOIR

Les parties du corps

1. Classez les parties du corps suivantes, des pieds à la tête.

l'épaule   la cheville   le cou   la hanche   le coude   le genou

....
....
....
....

2. Écoutez et indiquez sur ce schéma de quelle partie du corps parlent les personnes interrogées.
🎧 13

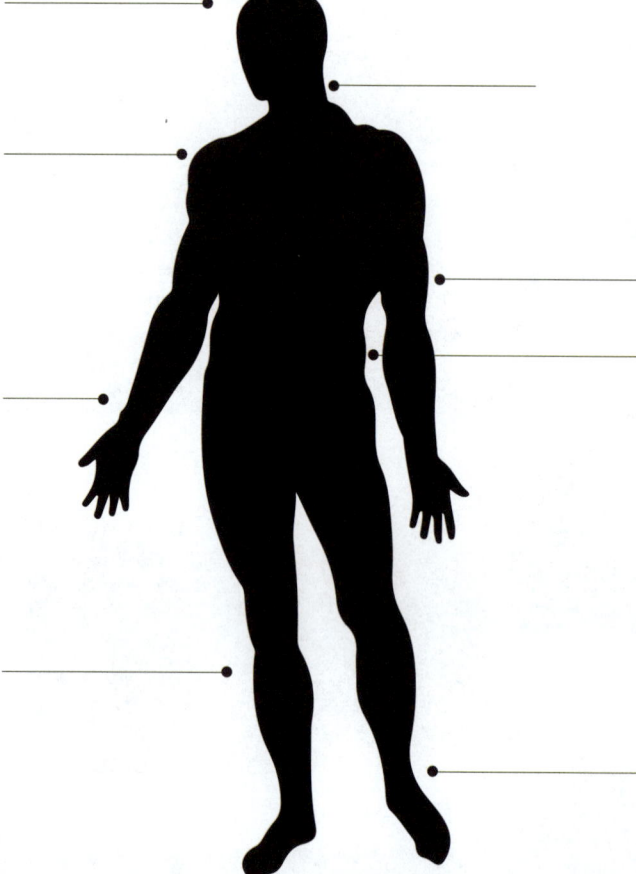

3. Complétez les mots croisés.

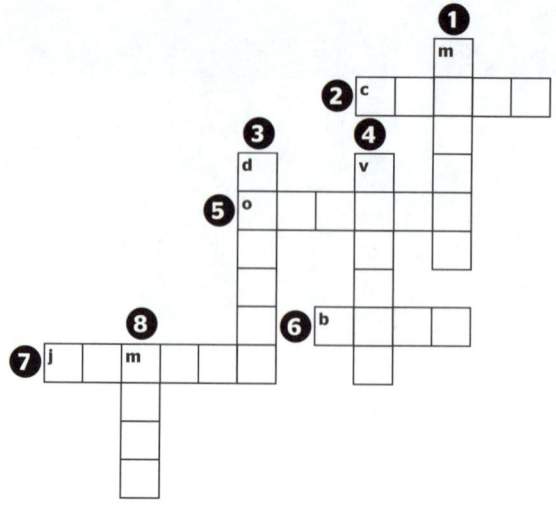

1. Il est rouge, il est sous la peau : un ....
2. Une articulation qui se trouve entre l'épaule et le poignet : le ....
3. Dans une main, il y a en a cinq : les ....
4. Il fait du bruit quand on a faim : le ....
5. Autre appellation d'un doigt de pied : un ....
6. Un membre supérieur qui va de l'épaule au poignet : le ....
7. Grâce à elles, je peux marcher, courir ou sauter : les ....
8. Grâce à elle, je peux écrire : la ....

Les médicaments

4. Retrouvez pour chaque définition le nom du médicament. Associez ensuite une image à chaque définition.

un sirop   une crème   un comprimé   un vaccin

1. On l'avale avec de l'eau, c'est blanc et rond. Il soigne beaucoup de maladies : ....
2. On la met sur la peau : ....
3. C'est une injection qui sert à éviter ou empêcher des maladies : ....
4. Il est liquide. On le prend à la cuillère : ....

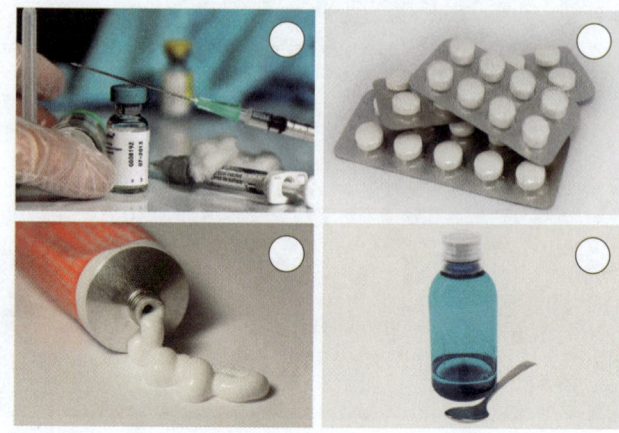

5. Écoutez, puis entourez la trousse de secours de base dont vous entendez la description.

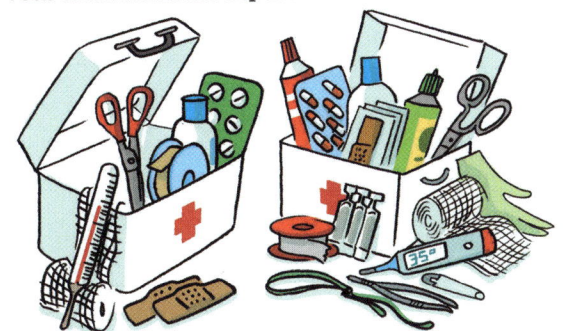

6. Quels éléments supplémentaires reconnaissez-vous dans l'autre trousse ?

....
....

7. Et vous, qu'avez-vous dans votre trousse à pharmacie ? Quels sont les éléments indispensables pour vous ?

....
....

Les maladies et les maux

8. Écrivez le mot manquant de chaque suite logique

La toux > .... > je tousse
La fièvre > avoir de la fièvre > j'ai ....
Le rhume > s'enrhumer / avoir un rhume > je suis ....
L'éternuement > .... > j'éternue

9. Que s'est-il passé ? Complétez les phrases avec les expressions suivantes conjuguées.

| se tordre la cheville | tomber | se couper |

| se cogner la tête |

 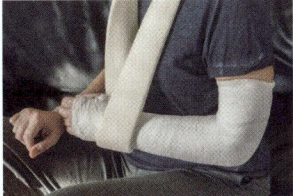

Hier, je me suis ....
Aujourd'hui, j'ai une entorse.

Hier, je suis ....
Aujourd'hui, j'ai le bras dans le plâtre.

 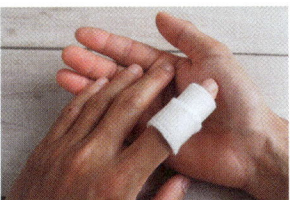

Hier, je me suis ....
Aujourd'hui, j'ai une bosse et un bleu.

Hier, je me suis ....
Aujourd'hui, j'ai un pansement.

10. Que s'est-il passé ? Écoutez et associez les événements à leurs conséquences.

Tomber • • avoir un bleu
Glisser • • se casser la cheville
Se couper • • tomber dans les pommes
Se cogner • • se faire mal
Avoir des vertiges • • saigner

11. Quels sont les problèmes de santé de ces personnes ? Quelle est la prescription du médecin ? Écoutez et complétez le tableau.

	Problème de santé	Prescription du médecin
Dialogue 1		
Dialogue 2		
Dialogue 3		

12. Qui prononce ces phrases ? Le patient (P) ou le médecin (M) ? Écoutez pour vérifier et remettez les extraits du dialogue dans l'ordre.

◯ — Non, pas de température. *P*
① — Alors, que vous arrive-t-il ? ....
◯ — Vous allez prendre du paracétamol pour la douleur, de la vitamine C pour vous redonner de l'énergie. Vous pouvez aussi laver votre nez avec du sérum physiologique. Vous avez cela chez vous ? ....
◯ — Qu'est-ce que vous pouvez me prescrire pour le rhume ? ....
◯ — Du paracétamol, oui, mais pas le reste. ....
◯ — D'accord, donc si vous n'avez pas de température, ce n'est pas une infection. Je pense que c'est un petit rhume. ....
◯ — Voici votre ordonnance. ....
◯ — Merci ! Tenez ma carte vitale. ....
◯ — Vous avez de la fièvre ? ....
◯ — Je ne me sens pas bien depuis quelques jours. ....

UNITÉ 2 — UN COMPRIMÉ MATIN, MIDI ET SOIR

Le superlatif

13. Complétez les phrases avec : *(le) meilleur, (la) meilleure, (les) meilleures, (les) meilleurs*

a. Géraldine est très professionnelle, c'est .... médecin du cabinet.
b. .... remède contre le cholestérol est de ne pas manger trop gras et trop sucré.
c. Pour moi, ... façon de sortir de la déprime, c'est de rire avec mes amis.
d. Ma grand-mère dit toujours : « .... remèdes sont les plus naturels. »
e. Ce sirop a .... goût, mais ce n'est pas le plus efficace.
f. Contre les maladies quotidiennes, les remèdes les plus efficaces sont les remèdes naturels, pour moi ce sont, ...
g. Pour moi, l'huile essentielle de menthe poivrée est .... remède en cas de maux de tête.

14. Écrivez la question et répondez-y, comme dans l'exemple suivant.

— *personnalité du domaine médical (+ célèbre)*
> *Quelle est la personnalité du monde médical la plus célèbre ? Pour moi, c'est Sigmund Freud le psychanaliste le plus célèbre.*

a. maladie (+ commune)

b. maladie (+ grave)

c. profession médicale (+ longues années d'études)

d. profession médicale (+ exceptionnelle)

e. médicament (+ efficace)

f. l'avancée médicale (+ importante)

15. Écrivez les phrases selon les indications comme dans l'exemple ci-dessous.

— *France, pays réticent aux vaccins (+) > la France est le pays le plus réticent aux vaccins.*

1. Japon, pays touché par l'obésité (-) :
2. Swaziland, pays touché par le virus du VIH (+) :
3. Rhume, maladie facile à soigner (+) :
4. Grippe, fait partie des 10 maladies contagieuses (+) :
5. France, pays touché par l'infarctus (-) :
6. France, pays consommateur d'homéopathie (+) :
7. Aspirine, médicament consommé dans le monde (+) :

L'interrogation totale et partielle

16. Associez les questions aux réponses.

1. Pourquoi a-t-il la jambe dans le plâtre ?	a. Dans un mois.
2. Qu'est-ce qu'il a fait ?	b. Oui, beaucoup !
3. Est-ce qu'il a mal ?	c. Parce qu'il s'est fracturé le tibia.
4. Comment se déplace-t-il ?	d. Une mauvaise chute en ski.
5. Est-il en arrêt maladie ?	e. Non, il vient travailler.
6. Quand lui enlève-t-on son plâtre ?	f. En fauteuil roulant.

17. Transformez ces questions d'un médecin à son patient dans une langue formelle.

1. Est-ce que vous avez de la fièvre ?
   Avez-vous de la fièvre ?
2. Pourquoi est-ce que vous pensez être allergique ?
3. Quand est-ce que les symptômes ont commencé ?
4. Pourquoi est-ce que vous avez arrêté votre traitement ?
5. Où est-ce que vous avez mal ?
6. Qu'est-ce qui vous arrive ?
7. Depuis quand est-ce que vous avez mal ?
8. Qu'est-ce que vous prenez contre les migraines ?

18. Retrouvez les questions du médecin à son patient selon les réponses et les indications entre parenthèses.

a. J'ai le nez qui coule et je tousse.
Quels sont vos symptômes ?
(symptôme / standard)

b. J'ai glissé et je suis tombé.
....
(se passer / inversion)

c. Non, je n'ai rien mangé de spécial.
....
(manger / inversion)

d. J'ai commencé à avoir de la fièvre hier matin.
....
(fièvre / inversion)

e. Non, je n'ai pas pris de médicaments.
....
(médicament / inversion)

f. Oui, ça me fait un peu mal quand j'avale.
....
(avaler / standard)

g. Non, je fume 5 ou 6 cigarettes par jour.
....
(fumer / standard)

19. En groupe, chacun écrit le nom d'un objet en lien avec la médecine ou d'une personne célèbre du monde de la médecine sur un Post-it. Collez le Post-it sur le front de votre voisin/e de droite. Chacun pose des questions pour deviner de qui ou de quoi il s'agit.

• *Est-ce que c'est une personne ?*
◦ *Oui.*
• *Est-elle vivante ?*
◦ *Non.*
• *Est-ce une femme ?*
◦ *Oui.*
• *…*

20. À plusieurs, créez le « kit de survie » des questions les plus fréquentes que l'on peut poser à son médecin.

— *Qu'est-ce que j'ai ?*
— *Comment prend-on ce médicament ?*
— *Combien de temps est-ce que…*
— *Quand…*

21. Lisez le document suivant. Imaginez les questions complètes que vous poseriez si vous pouviez interviewer Claire Rocher.

— *L'équithérapie, qu'est-ce que c'est ?*

....
....
....
....

L'équithérapie

C'est quoi ?
Pour qui ?
Par qui ?
Comment faire ?
Où ?
Pourquoi le cheval ?

Toutes les réponses sur mon site Web :
http://www.faireacheval.com
Claire Rocher / Équithérapeute

22. On vous a conseillé de vous soigner avec des huiles essentielles…. Oui, mais comment faire ? Fonctionnement, prix, posologie, effets secondaires, etc. Posez vos questions sur le forum « merci docteur ».

UNITÉ 2 — UN COMPRIMÉ MATIN, MIDI ET SOIR

Les pronoms COD / COI

23. Remettez les phrases dans l'ordre.

a. tisane / plantes / en / je / les / Ces / consomme

b. Mon / me / les / a / naturopathe / recommandées

c. tisanes / Je / des / prépare / leur

d. une / des / leur / ou / Je / massages / thermale / cure / propose

e. mes / envoie / les / collègues / Je / chez

f. confiance / demande / faire / me / de / leur / Je

g. correctement / Je / leur / leur / traitement / explique

24. Répondez aux questions à la forme affirmative, puis négative en utilisant les pronoms COD et COI.

1. Tu as fait vacciner tes enfants ?
Oui, je les ai fait vacciner.
Non, je ne les ai pas fait vacciner.

2. Vous utilisez l'homéopathie pour vous soigner au quotidien ?

3. Tu as fait le test « expérience musicale » du magazine ?

4. Est-ce que tu as déjà recommandé des thérapies alternatives à tes patients ?

5. Tu écris au professeur de phytothérapie pour lui demander des conseils ?

25. Écoutez cette histoire et prenez des notes pour résumer la situation à l'aide des phrases ci-dessous.
🎧 18

— *Maison : (louer) il va la louer*

a. Son chien : (prendre)

b. Ses patients : (voir)

c. Ses collègues : (écrire / envoyer)

d. Son déménagement : (faire)

e. Une fête / ses collègues : (dire)

26. Complétez ces témoignages avec des pronoms COD ou COI.

Quelle est votre relation avec votre médecin ?

Alessio
Mon médecin, je .... vois deux ou trois fois par an. Il est très compétent. Je .... dis tout ce qui se passe dans ma vie. Je suis ses traitements : je .... fais totalement confiance. Bref, c'est un homme charmant et très professionnel, je .... recommande vivement à mes amis !

Marianne
Ma dentiste est une femme adorable et douce, mais je .... déteste, elle .... fait mal. Je n'aime pas .... voir. Elle .... sait, je .... ai dit. Nous rions de cette situation. Elle .... raconte que personne ne .... aime... Personne n'aime les dentistes !

27. Et vous ? Rédigez un petit texte pour parler de votre relation avec votre médecin.

Donner un conseil

28. À deux, imaginez pour les situations suivantes les conseils que donnerait :
1. une personne qui s'intéresse aux médecines alternatives.
2. une personne qui ne jure que par la médecine classique.

a. Souffrir d'un mal de gorge
b. Avoir mal au dos
c. Ne pas arriver à dormir
d. Avoir une maladie de peau
e. Souffrir de crises d'angoisse
f. Avoir des troubles de la mémoire
g. Se sentir stressé/e

UN COMPRIMÉ MATIN, MIDI ET SOIR — UNITÉ 2

PHONÉTIQUE - les sons [d] et [t]

29. Placez votre main sur votre gorge et prononcez plusieurs fois le mot *pommade*. Sentez-vous la vibration ?

> ⊕ **Le son [d]**
> Pour prononcer le son [d], on bloque l'air en plaçant la langue derrière les dents, à l'avant de la bouche. Il y a une vibration.

30. Placez votre main devant votre bouche et prononcez plusieurs fois le mot *tomate*, sentez-vous l'expulsion de l'air ?

> ⊕ **Le son [t]**
> Pour prononcer le son [t], on bloque l'air en plaçant la langue derrière les dents, à l'avant de la bouche.

31. Écoutez les mots. Entendez-vous [t] ou [d] ? Puis, répétez les mots.

	[t] comme dans *tomate*	[d] comme dans *pommade*
1.		x
2.		
3.		
4.		
5.		
6.		

32. Écoutez et complétez les mots avec la lettre *d* ou *t*.

1. *décès*
2. ....oux
3. sani....aire
4. ....iabète
5. ....élé
6. pro....ection
7. é....u....e

PHONIE-GRAPHIE - Le son [d]

33. Écoutez les mots. Entendez-vous le son [d] ? Répétez les mots. Que remarquez-vous ?

	J'entends [d]	Je n'entends pas [d]
1. grand		x
2. blonde		
3. accord		
4. grande		
5. accordé		
6. blond		

J'entends le son [d] quand il est :
☐ la dernière lettre du mot.   ☐ suivi d'une voyelle.

PROSODIE - La lettre *h* et l'élision

34. Écrivez l'article défini qui convient. Vérifiez en écoutant les mots.

 le   la   l'

1. *l'heure*
2. ...... huile essentielle
3. ...... hamster
4. ...... homéopathie
5. ...... hauteur
6. ...... hiver

PROSODIE - La lettre *h* et la liaison

35. Écoutez les phrases. Entendez-vous une liaison ou un enchaînement vocalique ?

	Liaison en [z]	Liaison en [n]	Enchaînement vocalique
1. les heures	x		
2. les huiles essentielles			
3. les hamsters			
4. en hiver			
5. un hamster			
6. en haut			

> ⊕ **La lettre *h***
> Devant un *h* aspiré, la liaison et l'élision sont interdites.
> Ex. : *le haut du corps*

PHONIE-GRAPHIE - Associations de lettres avec le *h*

36. Écoutez les sons, soulignez dans le mot le *h* et la consonne associée. Puis, associez le mot au son que vous entendez.

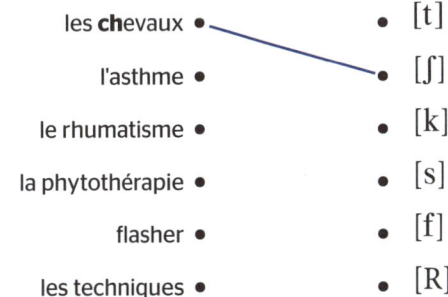

les **ch**evaux • — • [ʃ]
l'asthme • • [t]
le rhumatisme • • [k]
la phytothérapie • • [s]
flasher • • [f]
les techniques • • [R]

> ⊕ **La lettre *h***
> La lettre *h* est souvent muette, mais elle peut être associée à une autre consonne pour former un nouveau son.
> Par exemple : *c+h* forme le son [ʃ] comme dans *chien*.

UNITÉ 2 — UN COMPRIMÉ MATIN, MIDI ET SOIR

PROSODIE - La liaison

37. Écoutez les phrases et marquez la liaison.

🎧 25

Ex. : *Comment allez-vous ?*.
1. Un grand angle.
2. Quand il vient.
3. Un très grand espace.
4. Qu'attend-il ?

Dans ces expressions, la liaison se prononce :
☐ [t]
☐ [d]

PROSODIE - La liaison avec *plus* et *moins*

38. Écoutez les phrases. Entendez-vous une liaison ?

🎧 26

	Liaison en /z/	Pas de liaison
1. Le vaccin le plus efficace.	x	
2. Le médicament le mieux adapté.		
3. Le traitement le moins coûteux.		
4. Le traitement le moins efficace.		
5. Le médicament qui soigne le mieux.		
6. La maladie la plus contagieuse.		
7. Le malade le moins fragile.		

On lie **plus**, **moins** et **mieux** au mot qui suit, si ce mot commence par :
☐ une voyelle.   ☐ une consonne.
Après **plus**, **moins** et **mieux**, la liaison se prononce :
☐ [z]   ☐ [s]

Autoévaluation

Mes compétences à la fin de l'unité 2

Je suis capable de / d'…	J'ai encore des difficultés à…	Je ne suis pas encore capable de / d'…	
			donner mon avis sur des questions de santé.
			expliquer une maladie et des symptômes chez le médecin.
			poser une question.
			donner un conseil.
			parler d'une maladie.

Mon bagage sur cette unité

1. Qu'est-ce que vous avez appris sur la culture française et francophone ?

2. Qu'est-ce qui vous a le plus intéressé et/ou étonné ?

3. Qu'est-ce qui est différent par rapport à votre culture ? Et qu'est-ce qui est similaire ?

4. Vous aimeriez en savoir plus sur…

Un vrai cordon bleu

03

UNITÉ 3 — UN VRAI CORDON BLEU

La gastronomie

1. Complétez le texte à l'aide des étiquettes.

> à base de   copieux   servi/e avec   est typique   un mélange de   délicieux(se)   facile à préparer

1 La carbonnade flamande est un grand classique de la cuisine belge. Elle est préparée .... morceaux de viande de bœuf, de bière, de carottes, d'oignons, et de sucre roux (cassonade), et souvent .... de délicieuses frites. On en mange aussi dans le nord de la France.

2 Au Nord-Est, la choucroute, un plat à base de chou et de saucisses, ... de l'Alsace. Sans oublier la flammekueche et la quiche lorraine (Lorraine), des tartes salées à la crème fraîche et aux lardons.

3 En Suisse, la fondue est un plat convivial, placé au centre de la table : on trempe des petits morceaux de pain dans .... vin blanc et de trois fromages fondus. On en mange aussi dans l'est de la France.

4 Dans le Sud-Ouest, le cassoulet est un plat .... à base de haricots blancs, de cuisses de canard et de viande de porc. Il est très populaire dans la région de Toulouse.

5 En Provence, et surtout à Marseille, la bouillabaisse est un plat simple mais .... C'est une soupe de poissons, de coquillages, de tomates, d'épices du sud et de jaunes d'œufs. On la consomme avec des croûtons de pain ou des pommes de terre.

6 L'une des spécialités de Paris est le croque-monsieur. Un délicieux sandwich chaud très .... : pain de mie, jambon et emmental. C'est un casse-croûte rapide né en 1910, dans une brasserie parisienne.

Tour de France gastronomique

2. Associez chaque photo à un plat de l'exercice précédent.

A   B   C   D   E   F

3. Complétez ces phrases avec des plats que vous connaissez.

a. .... est un plat à base de ....
b. Le/La .... vient de ....
c. Le/La .... est une sorte de ....
d. Le/La .... est généralement servi/e avec ....
e. Le/La .... est composé/e de .... et de ....

4. Écoutez ces 3 personnes interrogées pour le programme « Question Québec ». Ils répondent à la question : existe-t-il une gastronomie québécoise ? Associez chaque personne à un thème.

Marie   •   • Les adaptations de recettes traditionnelles par de jeunes chefs.

Philippe   •   • La correspondance entre les recettes et le mode de vie.

Jean   •   • L'évolution de la cuisine québécoise avec des ingrédients étrangers.

Au restaurant

5. Écoutez et cochez dans le tableau la personne qui parle. Un serveur ? Un client ?

	1	2	3	4	5	6	7
Un client							
Un serveur							

Les modes de cuisson et préparation

6. Retrouvez pour chaque image le verbe de la cuisine qui correspond.

frire   mariner   sauter   cuire au four   cuire à la vapeur   griller

7. Expliquez la préparation des plats suivants en utilisant les verbes de la cuisine. Cherchez sur Internet si nécessaire.

1. Poulet tandoori
Le poulet tandoori est une recette de poulet mariné pendant plusieurs heures, et ensuite cuit sur la grille du four.

2. Ceviche

3. Patatas bravas

4. Parmigiana

5. Raclette

6. Chiche-kebab

7. Couscous

UNITÉ 3 — UN VRAI CORDON BLEU

Le pronom *en*

8. Choisissez le bon pronom.

1. En Guadeloupe, j'ai adoré les fruits. **J'en** / **Je les** ai beaucoup mangé**(s)**.
2. Le rhum des Antilles est délicieux, **j'en** / **je l'**aime bien frais.
3. Elle aime la sauce chien, elle **la** / **en** met toujours un peu sur ses grillades.
4. C'est dur de citer mon épice préférée, il y **les** / **en** a des dizaines !
5. Cette mangue est délicieuse. Tu **l'** / **en** as acheté où ?
6. Si tu trouves du lait de coco, tu peux **le** / **en** acheter une boîte pour ma mère ?

9. Lisez ces petits dialogues. Puis reformulez les réponses avec le pronom *en* pour éviter les répétitions.

1. Tu sais faire le couscous, toi ?
   — Bien sûr, je fais du couscous souvent pour les repas de famille.

2. Tu vas faire de la chakchouka pour le repas de fin d'année ?
   — Oui, je vais faire de la chakchouka ! Pour 8 personnes, ça suffit ?

3. Tu as mangé des merguez quand tu es allé en Algérie ?
   — Non, je n'ai pas mangé de merguez.

4. Vous utilisez des épices dans la cuisine algérienne ?
   — Oui, on utilise beaucoup d'épices !

5. On trouve des fromages en Algérie ?
   — Non, il n'y a pas beaucoup de fromages.

6. Tu bois du thé à la menthe avec les pâtisseries ?
   — Oui, je bois du thé à la menthe, mais moins que mon frère.

7. Vous mangez des baklavas, comme en Turquie ?
   — Je mange des baklavas surtout les soirs pendant le ramadan.

Exprimer la progression

10. Rédigez une phrase sur les nouvelles tendances avec *de plus en plus* ou *de moins en moins*, comme dans l'exemple.

a. (augmentation), restaurants végétariens, en Europe :
Il y a de plus en plus de restaurants végétariens en Europe.

b. (diminution), l'alimentation des enfants, saine :

c. (augmentation), distributeurs de produits bio, dans les écoles :

d. (augmentation), la cuisine fusion, populaire :

e. (diminution), restaurants traditionnels, dans les grandes villes :

11. Complétez cet article avec *de plus en plus (de)* ou *de moins en moins (de)*.

Québec Info ///

Les produits transformés prennent .... place dans les supermarchés.

Pizza congelée, lasagnes toutes faites, soupe en conserve, chips, biscuits : une enquête sur les dépenses alimentaires révèle que les produits préparés prennent une place .... grande dans les paniers d'épicerie.

Des produits comme la viande, les fruits et les légumes frais, le lait ou la farine sont .... présents dans les achats, car les familles québécoises ont de .... temps pour cuisiner.

C'est inquiétant, parce que comme on le sait, les plats préparés sont gras, salés, sucrés et caloriques. Les industriels répondent que les plats préparés d'aujourd'hui sont .... gras, contiennent .... sel. Ils attirent ainsi .... l'attention des chefs cuisiniers. Le grand chef Jérôme Ferrer propose ainsi une fricassée de volaille du Québec pour 15 dollars. Alors des plats préparés .... gastronomiques d'accord… mais aussi .... chers !

Il serait peut-être mieux de passer un peu plus de temps en cuisine pour votre santé et celle de votre porte-monnaie !

Les pronoms interrogatifs *lequel, laquelle, lesquels, lesquelles*

12. Choisissez le bon pronom interrogatif.

1. Il y a une table près du mur, et une à côté des cuisines. Tu préfères **laquelle** / **lesquelles** ?
2. J'hésite entre deux salades. Toi, tu prends **lequel** / **laquelle** ?
3. Les pâtes semblent délicieuses. Je prends les pâtes au pesto. Tu choisis **laquelle** / **lesquelles** ?
4. Parmi tous les fromages, je ne sais pas **lesquels** / **lequel** sont les meilleurs ?
5. Je coupe deux parts de tarte. Tu veux **laquelle** / **lesquelles** ?
6. Je vais au vestiaire. C'est **lequel** / **laquelle**, ton manteau ?

13. Complétez les minidialogues avec le pronom interrogatif qui convient.

1. Il y a plusieurs entrées, tu préfères ....?
   — L'entrée à 12 euros.
2. Quand nous sommes allés en Camargue l'an dernier, nous avons goûté plusieurs vins rosés.
   — .... tu as préféré ?
   — Le vin des sables.
3. Le couteau pour le poisson, c'est .... ?
   — C'est le couteau qui ne coupe pas bien, le plus large.
4. Tu as lu l'article sur les nouvelles tendances en cuisine ?
   — Oui ! Super intéressant !
   — .... as-tu envie de tester ?
5. Tu as listé les ingrédients de la soupe thaïe ?
   — Oui, et je ne sais pas si on va tout trouver...
   — Ah bon ? Et .... vont être difficile à trouver ?

L'impératif

14. À deux, rédigez en dix points le mode d'emploi d'une bonne soirée entre amis.

— *N'invitez pas de personnes qui détestent manger.*

1. ....
2. ....
3. ....
4. ....
5. ....
6. ....
7. ....
8. ....
9. ....
10. ....

15. Écoutez cette présentation du concours du Meilleur ouvrier de France. Prenez des notes. Donnez ensuite des conseils aux candidats à l'aide des mots en étiquettes.

thème   esthétique   tenue

cinq sens   techniques

— *Choisissez un thème pour votre buffet...*

16. Complétez le texte avec les verbes suivants conjugués à l'impératif négatif.

mettre   utiliser   prendre

décorer   avoir   ajouter   poster

Les 7 règles d'une photo de plat réussie

Les gens postent de plus en plus de photos de leur assiette sur les réseaux sociaux. Voici quelques règles pour faire de belles photos de plats.

1) Si le restaurant est sombre ou mal éclairé, ... votre assiette en photo, c'est inutile.

2) .... de flash ! Il modifie les couleurs. Préférez toujours la lumière naturelle.

3) .... la table avec des couverts et des serviettes sophistiqués. Photographiez toujours l'assiette vue d'en haut.

4) .... beaucoup de nourriture dans l'assiette ! La mode est à l'épure, donc, le moins est le mieux.

5) .... peur de recommencer ou de renoncer si vous n'êtes pas content de votre photo.

6) Vous pouvez retoucher un peu la photo avec des filtres. Mais .... d'émoticônes ni de dessins, ils déconcentrent.

7) .... plus d'une photo par jour sur les réseaux sociaux.

UNITÉ 3 — UN VRAI CORDON BLEU

Les cinq sens

17. Écoutez cet entretien avec Agostino, chef cuisinier. De quoi parle-t-il pour chacun des cinq sens ? Complétez le tableau.
🎧 30

👁	*des gestes de sa grand-mère.*
👃	....
✋	....
👂	....
👄	....

Qualifier un plat

18. Choisissez deux plats que vous aimez. Donnez le plus possible d'adjectifs pour les décrire.

— *Le kazandibi, dessert turc : blanc, noir, caramélisé dessous, froid, très mou, un peu élastique, sucré.*

....
....
....

19. Composez un menu de trois plats qui respectent cette règle et justifiez vos choix, comme dans l'exemple.

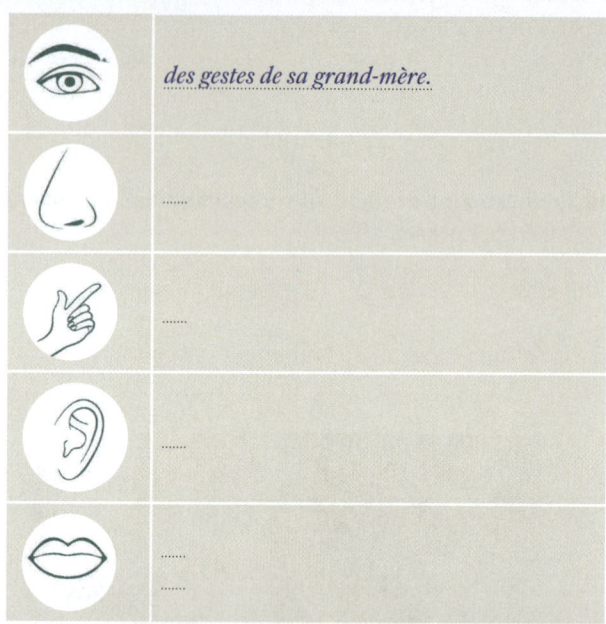

La règle de 3 pour une assiette de chef :
3 textures, 3 couleurs, 3 goûts

— *Entrée : guacamole, tomate et chips de maïs, parce que le guacamole est gras, vert et mou, les chips sont jaunes, croustillantes et salées, et la tomate est rouge, humide et un peu sucrée.*

Entrée : ....
Plat : ....
Dessert : ....

Donner un avis

20. Écoutez le témoignage d'Özgür après un atelier de cuisine, et complétez les phrases.
🎧 31

a. Il a aimé ....
b. Il pense que la cuisine péruvienne ....
c. Il trouve qu'un atelier de cuisine ....
d. À son avis, le ceviche ....
e. Pour lui, les crevettes ....

21. Complétez ces avis sur le livre *100 recettes de cuisine pour les étudiants*. Plusieurs réponses sont possibles.

j'aime	je pense	à mon avis

ça vaut la peine	pour moi	je trouve

a. Les photos sont très belles, mais, ..., certaines recettes sont trop compliquées.
b. .... que les explications sont très claires.
c. Si on est débutant en cuisine, ... de l'acheter : c'est plein d'idées faciles !
d. C'est un petit livre sympa, ... beaucoup les recettes de desserts en 10 minutes.
e. ...., toutes les recettes ne sont pas adaptées au budget des étudiants. .... les ingrédients parfois chers.

Les adverbes d'intensité (*assez, plutôt, très, trop*)

22. Complétez ce questionnaire de satisfaction d'un atelier de cuisine avec trois possibilités pour chaque question.

1. Dans l'ensemble, après cet atelier, vous êtes...
☐ assez insatisfait ☐ plutôt satisfait ☐ très satisfait

2. Les explications du chef ont été...
☐ .... ☐ .... ☐ ....

3. Vous avez trouvé les ustensiles de cuisine...
☐ .... ☐ .... ☐ ....

4. Pour vous, le menu que vous avez cuisiné est...
☐ .... ☐ .... ☐ ....

5. À votre avis, l'idée de cuisiner les restes est...
☐ .... ☐ .... ☐ ....

6. Vous pensez que les participants à l'atelier ont été...
☐ .... ☐ .... ☐ ....

7. Le repas à la fin de l'atelier a été pour vous...
☐ .... ☐ .... ☐ ....

UN VRAI CORDON BLEU **UNITÉ 3**

PHONÉTIQUE - Le son [g]

23. Écoutez les mots. À quelle position entendez-vous le son [g] ? Puis, répétez les mots entendus.
🎧 32

	En position initiale	Entre 2 voyelles	En position finale
1. longue			X
2. langue			
3. collègue			
4. légumes			
5. lagon			
6. ragoût			
7. gâteau			
8. gastronomie			
9. Guadeloupe			

> ⊕ **La prononciation du [g]**
> - La lettre **g** se prononce [g] devant les voyelles **a**, **o** et **u**
> Ex. : *gâteau, lagon, légume*
> - La lettre **g** se prononce [ʒ], devant les voyelles **i**, **e** et **y**
> Ex. : *origine, gelée, gym*
> - Pour prononcer le son [g] devant les voyelles **i** et **e**, on ajoute la lettre **u**
> Ex. : *langue, guide*

PROSODIE - Association de lettres avec le *g*

24. Écoutez les mots. Puis, classez-les dans la bonne colonne du tableau.
🎧 33

1. le beignet
2. les collègues
3. l'accompagnement
4. je mange
5. l'oignon
6. le végétarien
7. la Guadeloupe
8. l'originalité
9. la région

	J'entends [ʒ] comme dans *origine*	J'entends [ɲ] comme dans *Espagne*	J'entends [g] comme dans *gâteau*
1.		X	
2.			
3.			
4.			
5.			
6.			
7.			
8.			
9.			

25. Observez le tableau de l'activité précédente puis complétez les règles suivantes.

- J'entends [ʒ], j'écris .... devant les voyelles ....
- J'entends [ɲ], j'écris ....
- J'entends [g], j'écris .... devant les voyelles .... et j'écris .... devant les voyelles ....

PROSODIE - Liaison avec le pronom *en*

26. Écoutez les phrases. Marquez les liaisons avant ou après le pronom *en*. Puis, complétez l'encadré.
🎧 34

— *J'en‿ai mangé.*

1. Tu n'en as pas goûté.
2. Nous en faisons frire.
3. Il en est très satisfait.
4. On en mange en entrée.
5. Les Turcs en boivent dans des petits verres.
6. Les Français en achètent pour les repas de fête.

> ⊕ **La liaison avec le pronom *en***
> On lie le pronom **en** avec le mot qui suit, si ce mot commence par :
> ☐ une voyelle. ☐ une consonne.
> Ex. : ....
> Le mot qui précède est lié avec **en** si c'est :
> ☐ un pronom. ☐ un nom. ☐ les deux cas.
> Ex. : ....

PROSODIE - Liaison avec *plus* et *moins*

27. Écoutez et marquez les liaisons entendues avec *plus* ou *moins*. Puis, répétez les phrases.
🎧 35

1. Je mange de moins en moins au restaurant.
2. Les Français mangent de plus en plus à l'extérieur.
3. Vous achetez de plus en plus de produits bio.
4. Le restaurant le plus exotique, c'est lequel ?
5. La recette la plus originale, c'est la salade avec des fleurs.

PRONONCIATION - Les lettres finales

28. Écoutez les séries d'adverbes. Barrez les lettres finales que vous n'entendez pas.
🎧 36

1. beaucoup - trop - assez - encore - très - suffisamment - bien
2. tôt - tard - avant - après - maintenant

vingt-sept **27**

UNITÉ 3 — UN VRAI CORDON BLEU

PRONONCIATION - Les lettres finales

29. Écoutez la conjugaison des verbes. Barrez les lettres finales que vous n'entendez pas. Puis, répétez.

🎧 37

	GOÛTER	TOUCHER	REGARDER	ÉCOUTER
Je / J'	goûte	touche	regarde	écoute
Tu	goûtes	touches	regardes	écoutes
Il / Elle / On	goûte	touche	regarde	écoute
Nous	goûtons	touchons	regardons	écoutons
Vous	goûtez	touchez	regardez	écoutez
Ils / Elles	goûtent	touchent	regardent	écoutent

30. Dans le tableau de l'activité précédente, quelles formes verbales se prononcent de la même façon ?

- ☐ Je + Tu + Il / Elle / On
- ☐ Nous + Vous
- ☐ Je + Tu + Nous + Vous
- ☐ Je + Tu + Il / Elle / On + Ils / Elles

31. Écoutez et écrivez les verbes à côté de l'image correspondante.

🎧 38

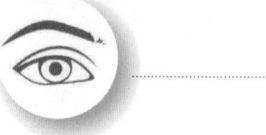 ....
 ....
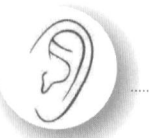 ....
 ....
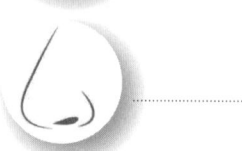 ....

• Dans les finales des infinitifs, on entend le son [R], excepté dans les infinitifs en ....
Ex. : ....

Autoévaluation

Mes compétences à la fin de l'unité 3

Je suis capable de / d'...	J'ai encore des difficultés à...	Je ne suis pas encore capable de / d'...	
			parler d'un plat (origine, ingrédients, cuisson...).
			parler d'une mode culinaire.
			décrire un plat.
			parler de mes habitudes alimentaires.
			qualifier un plat.
			donner un avis.

Mon bagage sur cette unité

1. Qu'est-ce que vous avez appris sur la culture française et francophone ?

2. Qu'est-ce qui vous a le plus intéressé et / ou étonné ?

3. Qu'est-ce qui est différent par rapport à votre culture ? Et qu'est-ce qui est similaire ?

4. Vous aimeriez en savoir plus sur...

En pleine forme

04

UNITÉ 4 — EN PLEINE FORME

Les sports

1. Retrouvez le nom des sports sur les images. Est-ce qu'ils se jouent avec un ballon ou avec une balle ?

le football - un ballon ....

....

2. Morgane pratique quatre sports différents. Retrouvez de quel sac elle parle grâce à l'enregistrement. Quels sports pratique-t-elle ? 🎧 39

A    **B**

○ ....   ○ ....

C    **D**

○ ....   ○ ....

3. Et vous ? Quel(s) sport(s) pratiquez-vous ? Avez-vous besoin d'un accessoire particulier ? Lequel ?

....
....
....
....

Le futur simple

4. Complétez les phrases en conjugant les verbes dans les étiquettes au futur.

participer | organiser | découvrir | avoir

avoir lieu | accueillir | mettre | être

a. La ville de Los Angeles .... les JO d'été pour la troisième fois en 2028.
b. Il y .... 7 nouveaux sports pour les JO de 2028.
c. Les athlètes paralympiques .... à 36 disciplines différentes.
d. En 2028, le Breakdance .... une discipline olympique.
e. Avec les JO de 2028, le monde entier .... des sports très populaires aux États-Unis.
f. Pendant les jeux, Universal Studios Hollywood .... à disposition ses locaux pour les médias et l'université de Californie .... le village olympique.
g. En 2028, les compétitions de VTT .... dans les collines d'Hollywood.

5. Dites si les affirmations de l'exercice 4 sont vraies ou fausses. Faites des recherches sur Internet si nécessaire.

a. *Vrai. Les Jeux olympiques ont eu lieu à Los Angeles en 1932 et en 1984.*
b.
c.
d.
e.
f.
g.

6. Que se passera-t-il en 2028 ? Choisisssez une rubrique et imaginez les actualités qui pourraient s'y trouver.

INTERNATIONAL | POLITIQUE | SOCIÉTÉ | CULTURE
SPORT | SCIENCES | SANTÉ | ÉDUCATION

....
....
....
....
....
....
....

7. Et vous, quelle sera votre vie en 2028 ? Imaginez.

....
....
....
....
....

8. Cette voyante sait tout ce qui vous arrivera demain. Tirez une pièce de monnaie à pile ou face. Imaginez ce qu'elle vous raconte au futur simple. Pile : tout se passe bien. Face : tout se passe mal.

Dans la rue, vous

Dans la salle de sport, vous

Au travail, vous

À la maison, vous

Donner un conseil

9. Incitez vos amis non sportifs à bouger plus. Transformez en conseils les exemples de cette campagne.

— *Je te conseille de marcher plus longtemps quand tu sors ton chien...*

10. Quels conseils donneriez-vous à quelqu'un qui veut...

a. devenir cuisinier et ouvrir un restaurant :

b. devenir champion olympique :

c. perdre du poids :

d. devenir chanteur, mais ne chante pas juste :

e. devenir médecin, mais a une très mauvaise mémoire :

f. devenir président, mais est un mauvais négociateur :

g. adopter un chat, mais est allergique aux chats :

h. faire le tour du monde, mais a peur de prendre l'avion :

11. Écoutez ces dialogues. Qui donne quel conseil à qui ? Numérotez.

a. Une mère à sa fille :
b. Un fils à son père :
c. Un enfant à sa grand-mère :
d. Un coach sportif à son équipe :
e. Un joueur de handball à un membre de son équipe :
f. Un jeune homme à sa petite copine :

12. Voici la vie de monsieur Kloss. Quels conseils pouvez-vous lui donner ?

— *Je recommande à M. Kloss de se coucher plus tôt...*

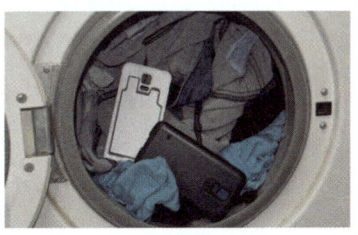

UNITÉ 4 — EN PLEINE FORME

La négation complexe (1)

13. Répondez à la forme négative.

a. Avez-vous déjà fait du paddle surf ?
— Non, ...

b. Elle fait toujours de l'équitation ?
— Non, elle ...., elle n'a pas le temps.

c. Peut-on toujours contester la décision de l'arbitre ?
— Non, ...

d. Je fais toujours des étirements avant de faire du sport. Et toi ?
— Ah, non, ... d'étirements.

e. Ce joueur de tennis qui a gagné Roland-Garros joue encore ?
— Je crois qu'il ...., il est devenu chanteur maintenant !

14. Transformez le texte suivant pour dire le contraire.

Tout va bien ! J'ai une vie très active, je fais plein de choses. Je m'entraîne à faire une course de 5 km : je passe 4 heures par semaine à faire du sport. Je vois beaucoup de gens. Je ne grossis pas beaucoup et je mange bien. Je cours vite et je gagne des courses : j'ai le goût du sport.

Mais depuis que je me suis blessée...

— *Tout va mal !*
....
....
....
....
....

15. Vous avez décidé de faire des changements dans votre vie. Listez les décisions que vous prenez à partir de maintenant.

ne ... plus   ne ... jamais

— *Ne plus s'inscrire à un marathon sans s'entraîner !*
— *Ne jamais accepter de passer des vacances avec ma belle-mère.*
....
....
....
....

Les valeurs du sport

16. Complétez cette affiche à l'aide des étiquettes contenant les valeurs du club de sport.

travail d'équipe   inclusion   intégrité

dépassement de soi   amitié

CLUB DE SPORT DU QUARTIER DES ALLUMETTES
71000 MÂCON

INSCRIPTIONS TOUT LE MOIS DE SEPTEMBRE. REJOIGNEZ-NOUS POUR PARTAGER LES VALEURS DU SPORT !

17. Complétez les valeurs à partir de leur description.

1. Cette joueuse prend son rôle de capitaine très au sérieux, elle est très responsable : *la responsabilité*
2. Cette entraîneuse a la réputation d'être honnête. Un sponsor lui a proposé une grosse somme d'argent, mais elle a refusé : ....
3. Dans cette équipe, il y a quatre nationalités différentes, et il n'y a aucun problème de racisme, tous sont très tolérants avec les traditions des autres : ....
4. Le judo est un sport où les sportifs sont très respectueux des règles et des traditions : ....
5. Je n'ai jamais entraîné une équipe avec un esprit fraternel aussi développé : ....
6. Leander Paes est un joueur de tennis qui n'est pas sexiste. La preuve, il joue en double mixte avec Martina Hingis : ....

Le conditionnel présent

18. Indicatif ou conditionnel ? Écoutez et inscrivez le numéro de la phrase dans le tableau.
🎧 41

indicatif	conditionnel

19. Transformez les ordres suivants en conseils ou en demandes polies.

a. Bois de l'eau après l'entraînement :

b. Sois plus présent pour les attaques. Ne laisse pas passer les adversaires :

c. Passez plus de temps à vous étirer à la fin de la séance de musculation :

d. Laisse-moi choisir mon coéquipier :

e. Ne pars pas à la fin du match sans dire au revoir à tes coéquipiers :

20. Vous lisez ce conseil sur un magazine. Vous le mettez en pratique et rédigez un petit texte.

Conseil psycho mag

Vous en avez marre de votre routine ? Vous voulez changer de vie ? Et si vous faisiez simplement le contraire de ce que vous faites habituellement ? Que feriez-vous pendant une semaine ?

21. Inventez votre sport ! En groupes, faites preuve d'imagination et inventez un nouveau sport. Décrivez-en brièvement les règles. Vous pouvez vous inspirer des étiquettes.

trottinette | terrain en triangle | yeux bandés
piscine | acrobatie | neige

• *Notre sport s'appellerait « le tout en un ». Les joueurs auraient…*

La cause, la conséquence et le but

22. Pour bien faire du sport, il faut… Complétez en utilisant *afin de* et *pour*.

— *Avant de faire du sport, il faut s'échauffer pour ne pas se faire mal.*

a. Pendant le sport, il faut boire…

b. De temps en temps, il faut s'arrêter…

c. Après le sport, il faut s'étirer…

d. Après le sport, il faut se changer…

e. Il faut faire au minimum deux entraînements par semaine…

23. Écoutez et écrivez pour quelles raisons les personnes interrogées font ou non du sport.
🎧 42

1.
2.
3.
4.
5.

24. Et vous ? Reprenez les raisons des témoignages précédents, choisissez-en deux et expliquez ce que vous faites pour atteindre ce but.

— *Afin de rencontrer des gens, je suis des cours de langue, de photo, de dessin…*

UNITÉ 4 — EN PLEINE FORME

25. Reliez le début et la fin de la phrase.

Marc fait très attention à sa ligne • • c'est pour cela que nous avons perdu beaucoup de poids.

Ça fait longtemps que nous n'avons pas fait de sport, • • alors il fait toujours 20 minutes d'échauffement avant de courir.

Marc ne veut pas se blesser, • • donc nous écoutons attentivement notre entraîneur personnel.

Nous voulons obtenir des résultats rapidement, • • c'est pour cela qu'il fait régulièrement un footing.

Marc a gagné ses trois dernières courses, • • grâce à son entraîneur sportif qui lui a donné de bons conseils.

Nous suivons avec rigueur les conseils du nutritionniste, • • donc nous reprenons très lentement la course à pied.

26. Imaginez la cause de ces situations. Comparez votre proposition avec un/e camarade.

Grâce à un voyage à Paris, elle a réalisé son rêve de voir la tour Eiffel.

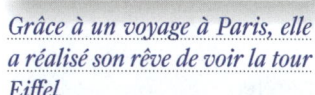

27. Choisissez une cause possible aux débuts de phrases suivantes en les associant avec un élément de l'autre colonne, comme dans l'exemple.

— *J'ai perdu du poids parce qu'à Noël j'ai eu un chien.*

J'ai perdu du poids • • déménager

J'ai de meilleures performances • • avoir un chien

Je mange plus équilibré • • ouverture d'un marché bio

J'ai moins mal au dos • • changer de métier

Je suis plus heureuse • • acheter un livre

28. Trouvez une explication aux phrases de l'activité précédente.

— *J'ai perdu du poids parce qu'à Noël j'ai eu un chien : je le sors tous les jours donc je bouge plus, je fais parfois du footing avec lui.*

EN PLEINE FORME **UNITÉ 4**

PHONÉTIQUE - Les sons [b] et [v]

➕ Les sons [b] et [v]
- Pour prononcer le son [b], on bloque l'air au niveau des lèvres, et on les ouvre comme une explosion, il y a une vibration.
- Pour prononcer le son [v], on resserre le passage de l'air avec les lèvres et les dents, il y a une vibration.

29. Écoutez les mots. Quel son entendez-vous?
🎧 43

	[b] comme dans *bon*	[v] comme dans *vite*
1.	x	
2.		
3.		
4.		
5.		
6.		

30. Écoutez les mots. À quelle position entendez-vous le son [b] et le son [v]? Complétez le tableau avec *b* et *v*.
🎧 44

	À l'initiale	Entre 2 voyelles	En finale
1.		*b*	
2.			
3.			
4.			
5.			
6.			
7.			

PROSODIE - Les sons [b] et [v]

31. Écoutez et répétez les séries. Faites attention aux liaisons, aux enchaînements et à l'accent tonique.
🎧 45

1. Cette
2. Cette épreuve
3. Cette épreuve individuelle
4. Cette épreuve individuelle n'est pas
5. Cette épreuve individuelle n'est pas valable.

1. Vous
2. Vous avez
3. Vous avez oublié
4. Vous avez oublié vos baskets.
5. Vous avez oublié vos baskets au vestiaire.

➕ L'accent tonique (syllabe allongée)
Où se trouve l'accent tonique en français?
☐ sur l'avant-dernière syllabe du groupe de mots.
☐ sur la dernière syllabe du groupe de mots.

PHONÉTIQUE - Distinguer [Œ] et [E]

32. Écoutez et écrivez les verbes dans la bonne colonne.
🎧 46

	Présent	Passé
1.		*J'ai oublié*
2.		
3.		
4.		
5.		
6.		
7.		

PHONÉTIQUE - La chute du *e*

33. Lisez l'extrait de texte. Prononcez-vous tous les *e*? Barrez ceux que vous ne prononcez pas. Écoutez pour vérifier.
🎧 47

> Donc, c'est vraiment important d'avoir des célébrités?
> Oui, oui, ces personnes sont mondialement connues, alors les gens les écoutent. Et c'est pour ça que leur message est plus fort.
>
> Pourquoi faire appel aux sportifs?
> Parce que les sportifs partagent les valeurs de l'Unicef. Ils deviennent ambassadeurs ou ambassadrices afin de donner de l'espoir aux enfants, pour leur transmettre l'envie de réussir dans la vie, la volonté de se dépasser, et également pour les motiver. Nous faisons aussi appel à eux, parce que nous pensons que le sport est un droit pour tous les enfants. Donc, ces ambassadeurs sont un merveilleux exemple pour les enfants.

➕ La chute du *e*
La chute du *e* dépend d'un choix personnel, du contexte, du registre de langue, ou de la variété régionale du français. Cependant, on ne prononce jamais le *e* lorsqu'il est situé en fin de mot.
Ex : *une personne* [yn pɛRsɔn]

PHONÉTIQUE - Les sons [œ] et [ø]

34. Écoutez les mots. Quel son entendez-vous?
🎧 48

	[œ] comme dans *peur*	[ø] comme dans *peu*
1.	x	
2.		
3.		
4.		
5.		
6.		

trente-cinq

UNITÉ 4 — EN PLEINE FORME

PHONÉTIQUE - Discriminer des sons similaires

35. Écoutez et cochez l'image qui correspond au mot que vous entendez. Puis, répétez les paires de mot.

 49

1. jeunes / jaune
2. deux euros / dix euros
3. père / peur
4. chevaux / cheveux

Autoévaluation

Mes compétences à la fin de l'unité 4

Je suis capable de / d'…	J'ai encore des difficultés à…	Je ne suis pas encore capable de / d'…	
			parler de ma pratique sportive.
			donner mon avis sur un sport.
			échanger sur les valeurs du sport.
			conseiller ou à / de proposer quelque chose.

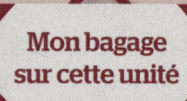 Mon bagage sur cette unité

1. Qu'est-ce que vous avez appris sur la culture française et francophone ?

2. Qu'est-ce qui vous a le plus intéressé et / ou étonné ?

3. Qu'est-ce qui est différent par rapport à votre culture ? Et qu'est-ce qui est similaire ?

4. Vous aimeriez en savoir plus sur…

Mention très bien

05

UNITÉ 5 — MENTION TRÈS BIEN

Les études et la formation

1. Complétez l'article suivant à l'aide des étiquettes.

résultats	le monde du travail	mentions
le bac	bacheliers	formation	lycéen
un emploi	l'université	l'expérience
se payer les études	des études supérieures

LE BAC, À QUOI ÇA SERT ?

C'est l'heure des .... et, comme chaque année, le baccalauréat fait l'objet de nombreuses questions. Par exemple, dans .... le bac a-t-il encore une valeur ? Nous sommes allés interroger des professeurs, lycéens et parents d'élève.

Simon Valusso, professeur de philosophie :
« Le bac, ce n'est plus ce que c'était. Même si ça reste la clé d'accès à .... Un bac scientifique ouvre peut-être plus de porte : plus de 90 % des .... trouvent 5 à 10 ans plus tard. »

Julien Geoffroy, 50 ans, parent d'élève passant le baccalauréat cette année, Saône-et-Loire :
« On peut travailler sans avoir .... Moi, j'ai arrêté l'école à 17 ans. J'ai choisi un métier manuel et je n'ai pas eu de problème. Par contre, pour un travail qui nécessite .... , non. »

Benjamin Petit, 18 ans, ... en terminale au lycée Sainte-Agathe de Clermont-Ferrand :
« Oui. Le bac c'est important, car c'est quelque chose de reconnu par l'État. Sur un CV, la partie .... avec le bac est importante. Ça montre que t'es pas complètement nul, t'es au moins allé jusque-là... Après, les .... , franchement ça sert à rien ! Juste pour la

Mathilde Greuges, 21 ans, étudiante dans une école privée d'architecture
« Ce qu'on ne sait pas, c'est qu'on peut faire des études sans avoir le bac. Moi, je voulais faire une école d'architecture, eh bien, je me suis renseignée, on pouvait y accéder sans diplôme. Et au final ce qui compte le plus, c'est .... Les employeurs ne vont pas te demander si tu as le bac ou pas. Évidemment pour les écoles privées, il faut pouvoir .... »

Exprimer un souhait

2. Répondez aux questions de ce test psychologique.

Psycho-mag
>>>>>>>>>>>>>>>
Que souhaitez-vous pour votre futur ?

1 > Qu'aimeriez-vous étudier ? Pour exercer quel métier ?
....

2 > Qu'espérez-vous de vos prochaines vacances ?
....

3 > Qu'espérez-vous de votre travail ?
....

4 > Quel est le projet qui vous tient le plus à cœur à court terme ? et à long terme ?
....

5 > Quels sont les rêves que vous ne réaliserez sans doute jamais ?
....

6 > Quelles sont vos bonnes résolutions ?
....

3. Lisez les réponses de certaines personnes au test précédent. Complétez leurs réponses à l'aide des étiquettes.

j'aimerais participer	je voudrais étudier
je voudrais signer	je voudrais avoir	j'espère que
je voudrais arrêter	j'espère qu'il fera

1. .... la musique pour être chef d'orchestre.
2. .... beau et que je pourrai faire de la plongée.
3. .... mon chef me proposera de représenter le bureau en Colombie et dans deux ou trois ans, ... un enfant.
4. .... au voyage sur Mars.
5. Le mois prochain, ... mon contrat d'apprentissage.
6. .... de fumer et faire plus de sport.

4. Écoutez ces personnes. À quelles questions du test correspondent leurs réponses ? Écrivez le numéro de la question correspondante.

| a. | b. | c. | d. |
| e. | f. | | |

MENTION TRÈS BIEN **UNITÉ 5**

5. Écoutez ce reportage sur les métiers qui font rêver les enfants.

Quels sont les souhaits des enfants ? (dans l'ordre d'apparition)

Méline : ....
Adriana : ....
Aline : ....
Paul : ....
Roman : ....
Stan : ....

Quels sont les souhaits des parents pour leurs enfants ?

....
....
....
....
....

Situer dans le futur

6. Répondez aux questions suivantes à l'aide des étiquettes.

| ce soir | la semaine prochaine | ce week-end |
| dans deux ans | dans un mois | dans ... heures |

a. Quels sont vos projets pour la journée ou la soirée d'aujourd'hui ?

....

b. Que ferez-vous dans les jours qui viennent ?

....

c. Que ferez-vous dans les mois ou les années qui viennent ?

....

7. Lisez cette définition. Vous reconnaissez-vous ? Échangez avec un/e camarade.

> **Procrastination,** nom féminin
> (latin *procrastinatio*, ajournement, *de cras*, demain)
> Tendance à différer, à remettre une action à plus tard.

• *Je ne crois pas être comme ça, je suis très organisé...*

8. À deux, vous allez écrire un manifeste de la procrastination.

Proverbe espagnol

DEMAIN EST SOUVENT LE JOUR LE PLUS CHARGÉ DE LA SEMAINE.

— *Quand tu auras du temps libre, tu resteras sans rien faire.*
— *Tu pourras terminer ce devoir la semaine prochaine.*

....
....
....
....
....

9. Faites la liste des choses que vous devez faire et que vous reportez toujours. Établissez un programme pour les réaliser, dans les jours qui viennent ou dans les années à venir.

— *Je repasserai ces chemises dans trois jours.*

....
....
....

10. Vous réalisez une campagne de publicité pour la formation en alternance. Trouvez des slogans à l'aide des verbes en étiquettes.

| pouvoir | recevoir | vouloir | savoir |
| faire | être | avoir | aller | voir |

PASSE À L'ACTION, APPRENDS PAR ALTERNANCE ET... TU DEVIENDRAS ACTEUR DE TON AVENIR !

....
....
....

UNITÉ 5 — MENTION TRÈS BIEN

11. Comment sera l'éducation du futur ? À deux, commentez ces prévisions. Imaginez d'autres évolutions à l'aide des étiquettes.

— *Dans quelques années, les profs robots feront leur apparition dans la classe et pourront remplacer les enseignants...*

- profs robots
- enseignement avec lunettes 3D
- écoles dans la forêt
- livres tout numériques

....
....
....
....
....

Quand + futur

12. Inventez des proverbes sur le modèle suivant et complétez les phrases avec des actions que vous ne ferez sans doute jamais.

QUAND LES POULES AURONT DES DENTS...

— *Quand les cochons voleront, je ferai une thèse de philosophie.*

a. Quand ....,
je ....
b. Quand ....,
je ....
c. Quand ....,
je ....
d. Quand ....,
je ....

Exprimer une condition avec *si*

13. Lisez la présentation des métiers suivants, puis répondez aux questions en justifiant vos réponses.

SI VOUS HÉSITEZ ENCORE...
VOICI 4 MÉTIERS ORIGINAUX

Goûteur de chocolat

Parcourir le monde et manger du chocolat tous les jours. Voilà la mission du goûteur de chocolat qui est chargé de trouver les meilleurs ingrédients pour la réalisation d'œufs de Pâques, par exemple. L'inconvénient est qu'il faut être assez sportif pour réussir à ne pas grossir.

Testeur de duvet

Choisir les duvets les plus doux et les plus luxueux pour une chaîne de magasins. Il faut bien sûr les essayer pour se rendre compte. Le plus difficile dans ce métier est de ne pas s'endormir au travail !

Nounou pour panda

Passer 365 jours avec les pandas et partager leur quotidien et leurs émotions. Ces animaux sont en voie d'extinction et ont besoin d'être protégés. Il vous faudra pour cela vous déguiser en panda et ne pas hésiter à leur faire des câlins.

Spectateur de Netflix à temps plein

Regarder des films et des séries toute la journée ou toute la nuit pour pouvoir créer des tags. Vous pouvez rester chez vous, dans votre canapé, pour faire ce travail qui permettra à Netflix d'améliorer ses systèmes de recommandation.

Quel métier est fait pour moi...
a. si j'aime faire la grasse matinée ?
Tu peux être spectateur de Netflix à temps plein. Si tu aimes faire la grasse matinée, tu pourras la faire tous les jours car tu peux travailler à la maison.

40 quarante

b. si je suis sportif ?

c. si j'aime travailler à la maison ?

d. si je suis gourmand ?

e. si je suis une personne affectueuse ?

f. si je suis sensible au froid ?

14. Et vous ? Connaissez-vous d'autres métiers originaux ? Expliquez le travail à effectuer et les conditions nécessaires pour exercer ce métier.

```
Nom du métier :

Description :




Ce métier est fait pour vous si…

```

15. *Avec des si, on refait le monde…* Lisez les problèmes suivants et proposez des solutions ou des améliorations.

1. Enfants qui ne peuvent pas aller à l'école à cause de la distance.
Si on propose des écoles itinérantes, tous les enfants pourront aller à l'école plus facilement.

2. Peu de personnes sensibilisées à l'écologie.

3. Différences de traitement entre les garçons et les filles.

4. Enseignement trop théorique.

MENTION TRÈS BIEN — UNITÉ 5

Les MOOC

16. Cherchez MOOC Francophone dans un moteur de recherche. Explorez l'annuaire des MOOC et choisissez-en un. Expliquez les raisons de votre choix.

- *J'ai envie de m'inscrire au MOOC « Une brève histoire de l'art ». Je n'ai jamais étudié l'histoire de l'art à l'école et ça a l'air super !*

Les moments d'une action

17. Lisez le parcours de Selim, résumé en quelques dates. Présentez son parcours sous forme de texte en insistant sur les différentes phases.

— *En 2003, Selim termine son master en… et est sur le point de…*

SELIM, 36 ANS, FORMATEUR EN TOURISME ET DÉVELOPPEMENT DURABLE

SON PARCOURS EN 5 DATES

2003 Obtention d'un master en tourisme et développement durable à l'université de Leeds, au Royaume-Uni.

2010 Retour en Europe après avoir vécu et travaillé en Californie, en Arabie saoudite et en Colombie.

2016 Fondation de l'association Voyages durables et lancement d'une plateforme en ligne pour l'éducation en faveur du tourisme durable.

2018 Préparation de formations pour « dé-connecter », renouer le contact avec la nature à travers la méditation, etc.

2021 Publication d'un livre racontant son expérience dans un éco village en Espagne.

UNITÉ 5 — MENTION TRÈS BIEN

18. Écoutez ces personnes parler de leur parcours professionnel et complètez leur notice biographique à l'aide des étiquettes.

`terminer` `être sur le point de` `venir de` `arrêter` `commencer à (x2)`

Natoo, illustratrice

Elle .... ses études d'art et de graphisme et .... travailler en tant que graphiste pour une mairie. Elle .... très vite cette expérience et .... travailler à son compte. Elle .... illustrer plusieurs albums jeunesse. Elle .... ouvrir une boutique.

`termine` `commencer à` `être en train de` `être sur le point de`

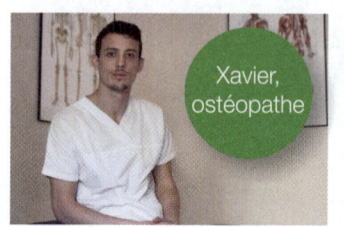

Xavier, ostéopathe

Il .... s'intéresser à l'ostéopathie dès son plus jeune âge. Il .... ses cinq années d'études et décide de prendre une année sabbatique. Il fait quelques remplacements pendant un an. Il .... s'installer dans son propre studio et .... se spécialiser en ostéopathie pour les tout-petits.

Exprimer la durée

19. Imaginez que vous allez interviewer Natoo et Xavier sur leur parcours professionnel. Préparez des questions à l'aide des étiquettes.

`depuis combien de temps` `depuis quand` `pendant combien de temps` `de quand à quand` `il y a combien de temps` `durant combien de temps`

— @Natoo : tu as travaillé pendant combien de temps...

20. Qu'avez-vous fait ces dix dernières années ? Racontez-le à votre camarade.

• En 2010, j'ai commencé une nouvelle vie. Un nouveau travail, une nouvelle ville, de nouveaux amis et de nouvelles passions. Je me suis séparée de mon copain.
○ Oh. Et tu es restée pendant combien de temps avec lui ?

21. Écoutez ce journaliste qui prépare un article sur Malala Yousafzai. Complétez la fiche puis rédigez sa biographie à l'aide de phrases.

Naissance et enfance :

Écriture d'un blog :

Tentative d'assassinat :

Transfert au Royaume-Uni :

Prix Nobel de la paix :

— Pendant son enfance, elle...

Le CV français

22. Réalisez votre CV en français selon le modèle suivant.

COORDONNÉES

LANGUES

QUALITÉS

COMPÉTENCES

EXPÉRIENCE PROFESSIONNELLE

FORMATION UNIVERSITAIRE

FORMATION CONTINUE

MENTION TRÈS BIEN | **UNITÉ 5**

PROSODIE - L'intonation montante et descendante

23. Écoutez les phrases suivantes et cochez l'intonation correspondante.
🎧 54

	1.	2.	3.	4.	5.	6.
Intonation montante ↗						
Intonation descendante ↘						

24. Écoutez les phrases suivantes et cochez l'intonation correspondante.
🎧 55

	1.	2.	3.	4.	5.	6.
Intonation montante ↗						
Intonation descendante ↘						
Énumération ↗↘						

> Quand la phrase est une affirmation, l'intonation est :
> ☐ montante. ☐ descendante.
> Quand la phrase est une question sans mot interrogatif, l'intonation est :
> ☐ montante. ☐ descendante.

25. Écoutez, puis interprétez ce dialogue à deux. Respectez l'intonation.
🎧 56
- Tu étudies quoi ?
- J'étudie l'architecture.
- Quels sont tes futurs projets ?
- J'aimerais apprendre l'espagnol pour aller travailler en Amérique latine. Et toi ? Tu étudies quoi ?
- J'étudie les langues.
- Pour travailler dans la traduction ?
- Non, pour devenir interprète.

PHONÉTIQUE - Le son [ɛ̃]

26. Écoutez et répétez les mots ci-dessous.
🎧 57

	Voyelle orale [ɛ] comme dans *net*	Voyelle nasale [ɛ̃] comme dans *vingt*
1.	saine	sain
2.	moyenne	moyen
3.	pleine	plein
4.	africaine	africain
5.	lycéenne	lycéen

> ➕ **Les sons [ɛ] et [ɛ̃]**
> - Pour prononcer la voyelle orale [ɛ], écartez bien les lèvres.
> - Pour prononcer la voyelle nasale [ɛ̃], prononcez le son [ɛ] et pincez-vous le haut du nez.

27. Écoutez et cochez le son que vous entendez.
🎧 58

	Voyelle orale [ɛ] comme dans *saine*	Voyelle nasale [ɛ̃] comme dans *sain*
1.		
2.		
3.		
4.		
5.		
6.		
7.		
8.		
9.		
10.		

28. Écoutez les mots et cherchez les images correspondantes. Puis, entourez les images qui contiennent le son [ɛ̃].
🎧 59

A B C D E F G H

UNITÉ 5 — MENTION TRÈS BIEN

PHONIE - GRAPHIE - Le son [ɛ̃]

29. Écoutez et soulignez les mots qui contiennent le son [ɛ̃].
🎧 60
1. J'ai un travail incroyable !
2. C'est impossible !
3. Il est incapable de faire son travail.
4. Je suis infirmière depuis cinq ans.
5. Les Canadiens ont un bon système éducatif.

30. Écoutez et soulignez les différentes graphies du son [ɛ̃].
🎧 61
1. la main
2. le vin
3. le timbre
4. la peinture
5. lundi
6. le parfum
7. la faim

31. Recherchez des mots contenant le son [ɛ̃]. Puis, complétez le tableau avec les différentes graphies de ce son.

> ➕ **La graphie du son [ɛ̃]**
> Le son [ɛ̃] peut s'écrire de différentes manières :
> • **In** : infirmière, instantané, chemin.
> • ....
> • ....
> • ....
> • ....
> • ....
> • ....
> • ....
> • ....

Autoévaluation

Mes compétences à la fin de l'unité 5

Je suis capable de / d'…	J'ai encore des difficultés à…	Je ne suis pas encore capable de / d'…	
			présenter mes études et ma formation.
			exprimer un souhait, un projet futur.
			parler de mon parcours scolaire et professionnel.
			parler des nouvelles façons de se former et d'apprendre.

Mon bagage sur cette unité

1. Qu'est-ce que vous avez appris sur la culture française et francophone ?
   ....

2. Qu'est-ce qui vous a le plus intéressé et/ou étonné ?
   ....

3. Qu'est-ce qui est différent par rapport à votre culture ? Et qu'est-ce qui est similaire ?
   ....

4. Vous aimeriez en savoir plus sur…
   ....

Gagner sa vie

06

UNITÉ 6 — GAGNER SA VIE

Le bonheur au travail

1. Lisez cet article sur une initiative favorisant le bonheur au travail. Quels sont les avantages de cette initiative ? Qu'en pensez-vous ? Aidez-vous des étiquettes pour répondre.

- ne pas souffrir
- motiver les employés
- améliorer l'efficacité
- travailler dans de bonnes conditions
- créer une cohésion d'équipe
- bien s'entendre avec ses collègues

LE COIN DU MANAGEMENT

La journée de 6 heures

Ces dernières années, plusieurs entreprises suédoises ont introduit la journée de travail de 6 heures. Le directeur d'une société qui développe des applications mobiles nous explique : « Travailler 8 heures ou plus par jour n'est pas du tout productif. Il est très difficile de rester concentré pendant tout ce temps. On a besoin de faire plus de pauses, de changer d'activités pour éviter la monotonie. Et on a très peu de temps pour sa vie personnelle, donc on se sent mal. » Ce directeur a donc décidé de tester la journée de 6 heures pour remotiver ses employés et les rendre plus efficaces. « En 6 heures, pas le temps de s'égarer sur les réseaux sociaux ni de faire des réunions de 4 heures ! Les employés sont plus focalisés sur leurs tâches et sortent du travail avec une nouvelle énergie ! »

2. Observez cette infographie. Proposez une initiative originale pour améliorer le bien-être des salariés. Complétez la fiche de présentation de votre initiative.

LES SALARIÉS AIMERAIENT QUE LEUR ENTREPRISE LEUR PROPOSE DES SERVICES POUR :

- faire du sport **61 %**
- bien dormir **54 %**
- arrêter de fumer **48 %** parmi les fumeurs (24 % des salariés fument)
- maîtriser leur alimentation **47 %**

Initiative
....

Pour qui ?
....

Comment ?
....

Quand ?
....

Où ?
....

GAGNER SA VIE   UNITÉ 6

Exprimer des émotions et des sentiments

3. Quelle expression correspond à l'émotion ou au sentiment de la colonne de droite ? Associez-les.

Aïe, aïe, aïe ! Attention ! •   • Le dégoût
Super ! Génial ! •   • La peur
Ouf ! •   • Le soulagement
Dommage ! •   • La joie
Beurk ! •   • Le doute
Vraiment ? Ah bon ! •   • La surprise
Y en a marre ! •   • La colère
Euh… Eh bien… •   • La tristesse ou la déception

4. Associez un maximum d'adjectifs à chaque photo.

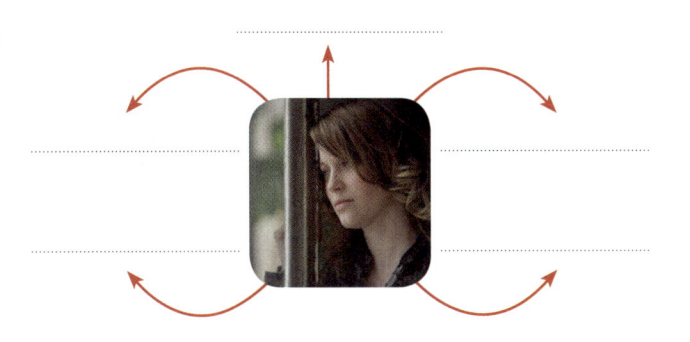

5. Écrivez un ou plusieurs synonymes des adjectifs suivants :

1. Content : ....
2. Calme : ....
3. Fatigué : ....
4. Énervé : ....

6. Quelles sont les émotions ressenties par ce coach sportif ? Imaginez dans quelle situation il les a ressenties ?

1
2
3
4

7. Déchiffrez ces messages WhatsApp. Imaginez ce que la personne veut dire et quelles sont les émotions qu'elle ressent.

quarante-sept **47**

UNITÉ 6   GAGNER SA VIE

8. Écoutez les réactions suivantes : quelles interjections et expressions entendez-vous ? Quelle émotion y repérez-vous ?
🎧 62

	Expressions	Émotions
1		
2		
3		
4		
5		
6		

Exprimer l'obligation, l'interdiction et la permission

9. Dans le monde du travail, il existe des lois surprenantes. À deux, imaginez les obligations, interdictions et permissions en vous aidant des illustrations et des étiquettes.

1. France

En France, au travail...
....
....

2. Allemagne
....
....

3. France
....
....

4. Japon
....
....

10. Dans cette entreprise, les salariés font tout de travers. Rédigez un règlement intérieur (sérieux ou drôle).

Règlement intérieur de l'entreprise
....
....
....
....
....
....
....
....
....

GAGNER SA VIE **UNITÉ 6**

11. Complétez ce réglement d'un cinéma à l'aide des étiquettes. Plusieurs réponses sont possibles.

| il est interdit de | ne pas pouvoir | être obligé de |
| il n'est pas permis de | devoir |

1. .... manger des pop-corn comme un T-Rex pendant tout le film.
2. On .... utiliser son téléphone, même en mode vibreur.
3. Les personnes qui sont grandes ou ont des cheveux volumineux .... s'asseoir au dernier rang.
4. .... commenter le film à voix haute.
5. Les spectateurs .... arriver à l'heure.

12. Quelles sont les obligations qui ont disparu de votre vie ? Pourquoi ? Quelles sont les nouvelles ?

— *Je ne dois plus me lever tôt parce que j'ai acheté une voiture. Mais je dois me lever plusieurs fois par nuit parce que j'ai un bébé.*

Les espaces de travail

13. Voici trois types de travailleurs. Pour chacun, dites selon vous quels sont ses avantages et ses inconvénients. Quels sont les droits et les devoirs de chaque situation ?

1. Le télétravailleur à la maison
2. Le digital nomade
3. L'employé dans un open space

Le discours rapporté

14. Lisez ces quatre citations sur le travail. Associez-les à leur auteur. Vous pouvez faires des recherches sur Internet.

Jean-Marie Gourio, écrivain   Confucius, philosophe

Voltaire, écrivain et philosophe

Steve Jobs, entrepreneur

> « LA MEILLEURE CONDITION DE TRAVAIL, C'EST LES VACANCES. »

> « CHOISISSEZ UN TRAVAIL QUE VOUS AIMEZ ET VOUS N'AUREZ PAS À TRAVAILLER UN SEUL JOUR DE VOTRE VIE. »

> « LA SEULE FAÇON DE FAIRE UN GRAND TRAVAIL EST D'AIMER CE QUE VOUS FAITES. »

> « LE TRAVAIL ÉLOIGNE DE NOUS TROIS GRANDS MAUX : L'ENNUI, LE VICE ET LE BESOIN. »

15. Reformulez au discours rapporté les citations de l'exercice précédent en les attribuant à leur auteur.

— *Voltaire dit que...*

UNITÉ 6 — GAGNER SA VIE

Le discours rapporté interrogatif

16. Soulignez les phrases interrogatives : en rouge, si elles sont directes, en bleu, si elles sont indirectes.

1. Le candidat 1 est très jeune mais a un CV intéressant. Le seul hic, il demande si son poste comporte des déplacements car il a une peur phobique de l'avion. Il ne pourrait donc pas assister aux réunions mensuelles à Bruxelles. Mais voici ce qu'il propose : « Est-ce que c'est envisageable de faire ces réunions par vidéoconférence ? ».
2. La candidate 2 demande : « Doit-on utiliser l'anglais au téléphone ? » Cette remarque m'inquiète un peu. Je lui ai demandé quel était son niveau d'anglais et elle confirme qu'elle a un niveau B2, mais quand j'ai essayé de faire une partie de l'entretien en anglais, elle a perdu ses moyens.
3. La candidate 3 demande si elle a droit à des jours de vacances durant sa période d'essai, et s'il est possible de gagner un peu plus. Je la trouve un peu exigeante, ce n'est pas peu dire ! « Est-il possible de faire du télétravail une fois par semaine, car j'habite loin ? » Je crois qu'on aura des problèmes avec cette candidate, même si elle est très compétente.

17. Lisez ce document sur les questions que le recruteur doit éviter de poser pendant un entretien. Puis, écoutez ces extraits d'entretien et rapportez les questions interdites.
🎧 63

RECRUTEMENT : Les 8 questions à ne pas poser en entretien d'embauche

1. Êtes-vous marié/e ? Avez-vous des enfants ?
2. Avez-vous des antécédents judiciaires ?
3. Êtes-vous croyant/e ? Syndiqué/e ? Malade ? Quels sont vos préférences sexuelles, vos tendances politiques, vos origines ?
4. Êtes-vous habitué/e à travailler avec une équipe de femmes / d'hommes ?
5. Avez-vous un problème avec les heures supplémentaires ?
6. Où vous voyez-vous dans dix ans ?
7. Pourquoi vous plutôt qu'un autre ?
8. Quels étaient les points faibles de votre précédent poste / employeur ?

— *Dans l'entretien 1, le recruteur demande au candidat quelle est sa situation...*

18. Quelles questions posez-vous à quelqu'un que vous venez de rencontrer ?

— *Je demande à cette personne...*

19. Quelles questions posez-vous...

1. Au cinéma, pour vous informer sur un film.
Au cinéma, je demande si le film que je veux voir passe bien à 20 h.
2. Dans un musée, pour vous informer sur une exposition.
3. Au supermarché, quand vous cherchez un produit.
4. Dans une librairie, quand vous cherchez un livre.
5. Dans un restaurant, quand vous ne comprenez pas le nom d'un plat.
6. Dans la rue, quand vous êtes perdu/e.

PROSODIE - L'intonation

20. Écoutez et interprétez le dialogue en respectant l'intonation.
🎧 64

- Comment tu te sens ?
- Ça va. Ça va mieux. Je me sens plus impliquée, moins stressée et surtout plus heureuse.
- Ah, je suis content de l'entendre !
- Et toi, comment tu vas ?
- Bien ! Je reviens de vacances. J'ai pris le temps de me reposer, de lire, de visiter et de prendre bien soin de moi.

21. Écoutez les phrases suivantes répétées deux fois. Indiquez l'ordre dans lequel vous entendez l'intonation neutre et l'intonation expressive.
🎧 65

	Intonation neutre	Intonation expressive
1. Je déteste mon nouveau collègue.	1	2
2. Je me sens heureuse, épanouie, fière de moi.		
3. J'adore le nouveau chef de projet.		
4. Mon travail me passionne.		
5. Je suis stressé pour l'entretien.		
6. Je me sens bien sur mon lieu de travail.		

> **➕ L'intonation expressive**
> L'émotion a une grande influence sur l'intonation. Pour exprimer une émotion, vous pouvez :
> • allonger la voyelle d'un mot.
> Ex. : *Je me sens heureuuuuuse, épanouiiiiie*
> • séparer les syllabes.
> Ex. : *Je dé-teste - j'a-dore - Ça me pa-ssionne - Je suis stre-ssé.*
> • insister sur le début du mot :
> Ex. : *Je me sens **heu**reuse, **é**panouie, **fi**ère de moi.*

22. Écoutez la phrase dite avec trois intonations différentes. Indiquez l'émotion correspondante. Puis, répétez en respectant l'intonation.
🎧 66

1 •   • Elle est mécontente
2 •   • Elle est calme
3 •   • Elle est stressée

PHONÉTIQUE - Le son [j]

23. Écoutez et répétez les mots. Soulignez le son commun à tous les mots. Quelles sont les deux manières d'écrire ce son ?
🎧 67

1. une feuille
2. une grille
3. le meilleur employé
4. un travailleur
5. joyeux

24. Écoutez les phrases puis, soulignez les mots qui comportent le son [j]. Répétez ces mots.
🎧 68

1. Je rêve de voyage et de soleil.
2. Il faut payer ses factures.
3. Le travail, c'est la santé !
4. C'est le brouillon du nouveau projet.
5. Je manque de sommeil, je travaille trop.
6. Je réveille ma fille tous les matins.

PHONÉTIQUE - Le son [R]

25. Écoutez les mots suivants et cochez si vous entendez le son [R] ou non.
🎧 69

	J'entends [R]	Je n'entends pas [R]
1.	X	
2.		
3.		
4.		
5.		
6.		

26. Écoutez et répétez les mots suivants pour vous entraîner à prononcer le son [R].
🎧 70

1. un entrepreneur
2. un homme d'affaires
3. un concours
4. un euro
5. une conférence
6. un directeur
7. une formation
8. une réunion
9. un rapport de projet

> **➕ Le son [R]**
> Échauffez-vous et positionnez correctement votre langue. La pointe de la langue touche les dents inférieures.
> Le [R] se prononce au même endroit que le son [k]. Entraînez-vous tout d'abord à prononcer le son [k]. Puis, essayez de prononcer le son [R].

UNITÉ 6 — GAGNER SA VIE

PHONIE-GRAPHIE - Le son [R]

27. Écoutez et soulignez les *r* qui se prononcent et barrez ceux qui ne se prononcent pas. Puis, complétez le tableau.

🎧 71

1. Tu risques d'arriver en retard.
2. C'est votre vie privée.
3. Il va finir tard.
4. C'est très important.
5. Quel bonheur de travailler avec toi.
6. On va boire l'apéro entre collègues.
7. Il y a une réunion après le travail.
8. Je suis en formation à partir de lundi prochain.
9. Il y a une conférence très intéressante ce soir.

➕ Le son [R]

On ne prononce pas le son [R] :
☐ quand le mot finit par **er**.
Ex. : *travailler*
☐ quand le mot finit par **ir**.
Ex. : ....

Autoévaluation

Mes compétences à la fin de l'unité 6

Je suis capable de / d'...	J'ai encore des difficultés à...	Je ne suis pas encore capable de / d'...	
			partager mes émotions.
			échanger sur des initiatives originales au travail.
			parler de ma relation au travail.
			parler des nouveaux métiers et entreprises.
			préparer un entretien d'embauche.
			rapporter des propos et des questions.

Mon bagage sur cette unité

1. Qu'est-ce que vous avez appris sur la culture française et francophone ?
   ....
   ....

2. Qu'est-ce qui vous a le plus intéressé et/ou étonné ?
   ....
   ....

3. Qu'est-ce qui est différent par rapport à votre culture ? Et qu'est-ce qui est similaire ?
   ....
   ....

4. Vous aimeriez en savoir plus sur...
   ....
   ....

Un chef-d'œuvre

07

UNITÉ 7 — UN CHEF-D'ŒUVRE

Les monuments et les lieux culturels

1. Complétez les mots correspondant aux définitions.

a. Un événement artistique qu'on organise dans un musée : une e_____

b. Un événement artistique qu'on organise dans un théâtre : un s_____

c. Un bâtiment où on expose des objets au public : un m_____

d. Une salle où on écoute des concerts de musique : un a_____

2. Complétez l'article à l'aide des étiquettes.

exposition · cathédrale · salle de spectacle · objets · patrimoine · répétitions · visiteurs · cinéma · coulisses · située · animations · ombre · collection · scène · réservation · visite · spectacle · public · architecture · architecte · coupole

JOURNÉES DU PATRIMOINE PARIS

Vous ne savez pas quoi visiter pendant les Journées européennes du _____ ? Normal, en Île-de-France, on compte près de 3 000 _____. Notre journal vous en propose une sélection originale.

STATIONS SECRÈTES : la RATP ouvre exceptionnellement la station de métro utilisée uniquement pour le _____. Habituellement fermée au public, la station Porte des Lilas, _____ à la limite des 19ᵉ et 20ᵉ arrondissements, a accueilli le tournage de nombreux films, clips musicaux et publicités.

SECRETS DE STARS : pour la première fois, le cabaret mythique de l'avenue George-V ouvre ses portes et ses _____ aux _____ pour découvrir le quotidien des danseuses, sublimées par des jeux d'_____ et de lumière, typiques du Crazy Horse. Vous apprendrez l'histoire de cette _____, et verrez les plus belles tenues de _____. Vous assisterez aussi à des _____ et à la préparation d'un _____.

Cette _____ est déconseillée aux moins de 16 ans et nécessite une _____.

SECRETS DE TSARS : inaugurée en 2016, la _____ orthodoxe russe de la Sainte-Trinité, ouvre exceptionnellement ses portes au _____ pour une visite libre. L'occasion d'admirer un mélange d'_____ russe et byzantine dessiné par l'_____ Jean-Michel Wilmotte : cinq bulbes dorés et une _____ centrale qui culmine à 37 mètres. Le Centre spirituel et culturel orthodoxe russe propose une _____ interactive dédiée aux trésors des tsars : elle permet une visite virtuelle du Kremlin accompagnée de commentaires sur les magnifiques _____ de la _____ des musées du Kremlin.

Exprimer une passion

3. Faites votre portrait artistique à l'aide des étiquettes.

— *Cinéma > Je suis fan des comédies italiennes.*

cinéma · arts plastiques · livres · photographie · musique

L'imparfait

4. Complétez les témoignages avec les verbes conjugués à l'imparfait.

être (x 2) · donner · exister · aller · penser · travailler · voir · s'arrêter

ROBERT, LENS

Avant la construction du Louvre à Lens, ma femme ne _____ pas, et moi, je _____ que les musées étaient seulement pour les riches. Je n'_____ jamais voir des expositions. Ma femme a trouvé un travail au musée, alors mon opinion a un peu changé.

SAMIRA, BORDEAUX

Quand j'_____ petite, le quartier près du fleuve _____ très laid, ça ne _____ pas envie d'y vivre ! La cité du vin a tout transformé. Je vis aujourd'hui dans une résidence étudiante au bord de l'eau qui n'_____ pas il y a cinq ans !

FRANCINE, METZ

Avant, on ne _____ pas beaucoup de touristes dans la région, les Belges ne s'_____ jamais chez nous, on était une petite ville. Depuis l'ouverture du Centre Pompidou à Metz, ça a changé.

UN CHEF-D'ŒUVRE · UNITÉ 7

5. Connaissez-vous un lieu culturel moderne qui a changé un quartier ? Décrivez le quartier avant / après.

— *À Barcelone, le quartier du Raval avait une mauvaise image. C'était un quartier dangereux. On a construit le Macba et la Cinémathèque pour développer la vie culturelle. Aujourd'hui, il y a beaucoup de touristes.*

6A. Faites des recherches sur les monuments français suivants, puis associez-les à une phrase comme dans l'exemple.

- Le Musée d'Orsay, à Paris
- Le musée d'Art et d'Industrie, à Roubaix
- Le musée de Royan
- Les Abattoirs, musée d'Art moderne et contemporain, à Toulouse
- La Base sous-marine, à Bordeaux
- Le Lieu unique, à Nantes

- Avant, on y tuait des animaux et on vendait la viande aux bouchers.
- Avant, c'était un abri pour les sous-marins, un lieu militaire.
- Avant, c'était une gare pour les voyageurs qui venaient de l'ouest de la France.
- Avant, c'était une usine de biscuit, on y fabriquait les Petit Beurre de la marque LU.
- Avant, c'était une piscine, les gens venaient nager et plonger. Il y avait même un solarium.
- Avant, c'étaient des halles couvertes, on y achetait des fruits et des légumes.

6B. Écrivez ce qu'on peut y voir et faire aujourd'hui.

— *Aujourd'hui, au musée d'Art et d'Industrie à Roubaix,...*

7. Rêvez ! Choisissez un bâtiment et trois époques passées. Décrivez ses usages passés comme dans l'exemple.

— *Mon appartement, il y a dix ans, c'était le siège d'une banque. En 1896, une riche famille y vivait, ils avaient une domestique qui vivait dans la petite chambre. En 1500, il n'existait pas. À la place, il y avait un jardin.*

8. Écoutez le dialogue et répondez aux questions. Justifiez vos réponses à l'aide d'un mot ou d'une phrase entendu.

🎧 72

	VRAI	FAUX
Le garçon est allé à la piscine pour nager.		
Pendant longtemps, la piscine a été fermée.		
La piscine fait partie d'un hôtel de luxe.		
Il y a des expositions d'art dans l'établissement.		
On peut se baigner librement dans la piscine.		

Les prépositions pour situer dans l'espace

9. Trouvez les six différences entre ces dessins et expliquez-les à l'aide des étiquettes.

au-dessus de · à l'extérieur de · autour de · au milieu de · au bord de · en haut · à côté de

A

B

a. ....
b. ....
c. ....
d. ....
e. ....
f. ....

cinquante-cinq **55**

UNITÉ 7 — UN CHEF-D'ŒUVRE

10. Complétez le texte avec les prépositions de lieu suivantes.

en bas | en face des | derrière | au cœur de | entre ... et | en haut

LE MUSÉE DE LA ROMANITÉ

.... arènes de Nîmes, la ville offre un musée d'exception à sa belle collection archéologique avec une visite unique .... les statues .... les mosaïques.

C'est un lieu de vie et de culture .... la ville. Le musée est un bâtiment ouvert sur la ville, avec ...., une terrasse panoramique, et .... un espace ouvert sur la rue et les jardins de ....

11. Choisissez une photographie et décrivez-la le plus précisément possible.

L'art à Nantes

La compagnie Royal de Luxe

L'Arbre aux hérons, les Machines de l'île

Les expressions pour présenter un livre, un film

12. Associez ces mots pour créer une expression. Essayez ensuite de définir avec vos mots les trois expressions que vous trouvez les plus difficiles.

- un atelier • • créative
- un Salon • • de poche
- une séance • • d'écriture
- un chef- • • littéraire
- une maison • • de dédicace
- une activité • • d'édition
- un festival • • du livre
- une lecture • • à voix haute
- un livre • • d'œuvre

13. Complétez le texte à l'aide des étiquettes.

ça se passe | du début à la fin | ça parle | en deux nuits | livre de poche | il a gagné | c'est l'histoire de | on apprend

Voici un livre que j'ai adoré .... ! C'est génial dès la première page, je l'ai lu .... !

Ça s'appelle *Purge*, et c'est de Sofi Oksanen. .... le prix Femina en France en 2010, et vous pouvez le trouver en ....

.... en Estonie en 1992, et .... deux femmes très différentes qui deviennent amies. C'est bouleversant, émouvant, ... beaucoup de choses sur l'histoire contemporaine ! .... aussi du mensonge et de la peur. Je le conseille à ceux qui veulent connaître la période historique de la fin du bloc soviétique dans les pays baltes.

UN CHEF-D'ŒUVRE — UNITÉ 7

14. Associez les définitions aux mots ou expressions.

- quand l'histoire commence • • le sujet
- quand l'histoire se termine • • les personnages
- une partie d'un roman • • le début
- l'histoire • • les dialogues
- comment l'auteur écrit • • le style
- les personnes de fiction • • la fin
- quand les personnages parlent • • l'intrigue
- le thème • • un chapitre

15A. Associez les éléments pour former des expressions. Puis, lisez les présentations des livres et vérifiez vos hypothèses en retrouvant ces expressions.

- inspiré • • d'un événement réel
- adapté • • par un prix
- récompensé • • sur une histoire vraie
- fondé • • au cinéma

▬ **Un personnage de roman**, Philippe Besson
Ce livre, fondé sur l'histoire vraie de la campagne électorale d'Emmanuel Macron, se lit comme un reportage. Ça parle d'un inconnu qui devient président. C'est assez intéressant.

▬ **Les Liaisons dangereuses**, de Choderlos de Laclos
Roman de lettres. Adapté au cinéma plusieurs fois, c'est un classique de la littérature française. Un peu compliqué au début, il faut continuer, car l'intrigue et les personnages deviennent vite passionnants. À lire au moins une fois dans sa vie !

▬ **Petit Pays**, de Gaël Faye
C'est l'histoire de Gabriel, 10 ans, en 1992 au Burundi. Inspiré d'un événement réel que l'auteur connaît bien, ce premier roman, à la fois tragique et drôle, mérite d'être lu.

▬ **Les Bienveillantes**, de Jonathan Littell
Historique. Un pavé monumental, récompensé par le prix Goncourt et le Grand Prix du roman de l'Académie française en 2006. Une plongée choquante et nécessaire dans l'horreur de la Seconde Guerre mondiale.

15B. Citez, et présentez en quelques mots…

- … un film récompensé par un prix :
- … un roman adapté en film :
- … un film inspiré d'une histoire vraie :

16. Listez cinq livres ou films que vous emporteriez sur une île déserte. Expliquez vos choix en racontant l'histoire à un/e camarade.

- *Un guide du pêcheur, pour ne pas mourir de faim.*

17. Écoutez ces deux amis. Comment organisent-ils leur bibliothèque personnelle ? Cochez le système qui correspond à la personne et imaginez d'autres systèmes de classement. (73)

	Ihsan	Pierre
par ordre alphabétique		
par nationalité		
par thème		
par auteur		
par genre		
par ordre chronologique		
par taille		

L'expression de la durée

18. Écoutez le *book-trailer* de Pierre, puis répondez aux questions. (74)

	VRAI	FAUX
Pierre a trouvé le roman très beau.		
Pierre a fini le roman en une soirée.		
Pierre pense que les romans de Besson sont longs.		
Le roman est intéressant dès le début.		
On connaît l'histoire avant la fin du livre.		
C'est un roman policier.		

UNITÉ 7 — UN CHEF-D'ŒUVRE

19. Observez ce document visant à promouvoir les livres audio. Complétez les phrases à l'aide du document et des étiquettes.

`en` `jusqu'à` `de... à`

a. On peut écouter tout *Le Petit Prince* .... 1 h 48.
b. Pour écouter tout *Lontano*, il faut aller .... Paris .... Bucarest en voiture.
c. Il faut aller .... Hambourg pour lire *De tes nouvelles*.

1 Orléans > 1h 48 — *Le Petit Prince* — Antoine de Saint-Exupéry
5 Tarente > 17h 04 — *Le Trône de fer (tome 1)* — George R.R. Martin
2 Hambourg > 08h 08 — *De tes nouvelles* — Agnès Ledig
6 Bucarest > 23h 51 — *Lontano* — Jean-Christophe Grangé
3 Madrid > 11h 24 — *L'Amie prodigieuse* — Elena Ferrante
7 Helsinki > 39h 33 — *L'Hiver du monde* — Ken Follett
4 Belgrade > 15h 53 — *Sapiens, une brève histoire de l'humanité* — Yuval Noah Harari

Jusqu'où aller pour écouter ces livres ?

Imaginez deux autres phrases pour commenter le document.

....
....
....

La négation complexe (2)

20. Écrivez le contraire de ces phrases.

- Je lis toujours en format numérique.
- Je lis tout.
- J'ai tous les livres de cet auteur.
- Quelqu'un m'a conseillé ce livre.

21. Complétez les petits dialogues avec *aucun* ou *aucune*.

a. — Tu as lu le dernier épisode de la saga Malaussène ?
— Non. Je n'ai lu .... livre de Daniel Pennac.
b. — Tu aimes quelles séries françaises ?
— Moi, à part *Engrenages*, je n'en regarde ....
c. — Je déteste Amélie Nothomb !
— Tu n'aimes .... roman de cette écrivaine ?
d. — Tu sais qui a écrit *Madame Bovary* ?
— .... idée. Gustave Flaubert ?
— Oui !
e. — Tous les rôles du film sont très bien joués !
— Moi je n'ai aimé .... personnage. Ils sont trop stéréotypés.

La restriction

22. Reformulez avec *ne/n'... que*.

— *Elle lit seulement les premières pages.*
> *elle ne lit que les premières pages.*

- Il a seulement des livres de poche.
- Il lit seulement le soir dans son lit.
- Elle aime seulement les livres historiques.
- Il offre seulement des livres qu'il aime.

La négation complexe et la restriction

23. Complétez ces phrases extraites d'un article de psychologie avec : *ne...plus, ne... jamais, ne... que, ne... rien, ne...personne, ne...aucun*

- Certaines personnes .... se plongent .... dans un livre.
- Souvent, les jeunes .... lisent .... des BD.
- Aujourd'hui, les enfant .... supportent .... d'être inactifs, ils veulent de l'action.
- Quand on devient adulte, souvent, on .... a .... le temps de lire.
- Ils disent qu'il n'aiment pas lire, mais ils .... prennent .... le temps de lire.
- Ce n'est pas grave si vous .... lisez .... des magazines.
- Quand je lis et que je pense à autre chose, je .... comprends ....
- Je suis déçu, il .... a lu .... des livres que je lui ai conseillés.

PROSODIE - Les syllabes

24. Écoutez et comptez le nombre de syllabes. Puis, soulignez la dernière syllabe de chaque groupe de mots.
🎧 75

	Nombre de syllabes					
	1	2	3	4	5	6
1. un monument				x		
2. une salle de concert						
3. l'art						
4. voyager						
5. la danse						
6. un lieu culturel						
7. la littérature						
8. un auteur						
9. une histoire						
10. Paris						

➕ Comment compter les syllabes ?
Une syllabe représente chaque voyelle entendue. Pour compter les syllabes, on compte le nombre de voyelles entendues. Pour s'aider, on peut taper dans les mains.

25. Découpez les phrases en groupes rythmiques. Soulignez la dernière syllabe de chaque groupe rythmique. Puis, lisez les phrases en respectant l'accentuation. Écoutez pour vérifier.
🎧 76

1. Un nouveau musée ouvrira dans une semaine.
2. Ce roman existe en poche.
3. Avant la rénovation du monument, le site était peu fréquenté.
4. Au Québec, il y a plusieurs festivals de littérature.
5. En Belgique, on aime beaucoup cet auteur.

➕ L'accentuation
En français, la syllabe accentuée est allongée. Il s'agit de la dernière syllabe du mot ou du groupe de mots prononcés en un seul souffle (= le groupe rythmique). Ce groupe rythmique forme une unité de sens.

PHONÉTIQUE - Les sons [s] et [z]

26. Écoutez et levez-vous dès que vous entendez le son [s]. Puis, répétez chaque mot.
🎧 77

1. exposer
2. le visuel
3. la France
4. il est situé
5. le tourisme
6. la construction
7. refuser
8. touristique

27. Mettez-vous debout. Écoutez et asseyez-vous dès que vous entendez le son [z]. Puis, répétez chaque mot.
🎧 78

1. un visiteur
2. une sculpture
3. zéro
4. une muse
5. un festival
6. une conférence
7. des zones
8. des œuvres

28. Écoutez et indiquez si vous entendez [s] ou [z]. Puis, répétez chaque mot.
🎧 79

	J'entends [s] comme dans *spectateur*	J'entends [z] comme dans *visuel*
1.	x	
2.		
3.		
4.		
5.		
6.		

PHONÉTIQUE - Les sons [s] et [z]

29. Lisez, puis complétez le tableau.
🎧 80

	s = [z]	s = [s]	z = [z]
1. Il expose.	x		
2. un spectacle			
3. un visiteur			
4. zéro			
5. un musée			
6. touristique			
7. un vestiaire			
8. des œuvres			
9. une salle			

➕ Les sons [s] et [z]
La lettre *s* fait le son [z], quand elle est située :
☐ en début de mot.   ☐ entre deux voyelles.
Ex. : ....

PHONÉTIQUE - Le son [ø]

30. Écoutez les mots et cherchez les images correspondantes. Puis, entourez les images qui contiennent le son [ø] comme dans *deux*. Puis, répétez le nom de chaque image entourée.
🎧 81

A   B    C 
D    E    F

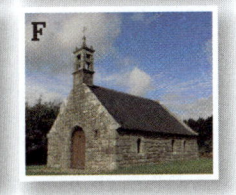

UNITÉ 7   UN CHEF-D'ŒUVRE

PHONÉTIQUE - Les sons [ø] et [œ]

31. Écoutez et indiquez si vous entendez [ø] ou [œ].

🎧 82

	J'entends [ø] comme dans *Europe*	J'entends [œ] comme dans *lecteur*
1.		
2.		
3.		
4.		
5.		
6.		

32. Écoutez et trouvez l'intrus de chaque liste. Puis, répétez tous les mots.

🎧 83

1. un meuble - un peu - un immeuble - l'heure
2. une œuvre - le milieu - le vœu - il peut
3. le fleuve - à l'extérieur - nombreux - l'accueil

PHONIE-GRAPHIE - Les sons [ø] et [œ]

33. Écoutez et associez le mot au son correspondant.

🎧 84

1. une banlieue •
2. une fleur •   • [ø]
3. un immeuble •
4. un lieu dangereux •
5. un vœu •   • [œ]
6. un cœur •

➕ Les graphies de [ø] ou [œ]

Le son [œ] peut s'écrire : _____ / _____ / _____
Ex. : _____
Le son [ø] peut s'écrire : _____ / _____
Ex. : _____

Autoévaluation

Mes compétences à la fin de l'unité 7

Je suis capable de / d'…	J'ai encore des difficultés à…	Je ne suis pas encore capable de / d'…	
			décrire un bâtiment et un quartier.
			comparer avant et après.
			proposer et répondre.
			parler de mes goûts en art.
			présenter une histoire (livre, film…).
			exprimer mon avis (livre, film, art).

Mon bagage sur cette unité

1. Qu'est-ce que vous avez appris sur la culture française et francophone ?

2. Qu'est-ce qui vous a le plus intéressé et / ou étonné ?

3. Qu'est-ce qui est différent par rapport à votre culture ? Et qu'est-ce qui est similaire ?

4. Vous aimeriez en savoir plus sur…

Ça vaut le détour !

08

UNITÉ 8 — ÇA VAUT LE DÉTOUR !

Les fractions et les pourcentages

1. À l'aide de l'infographie et des étiquettes, complétez les textes ci-dessous.

`trois quarts`   `la moitié`   `près d'un tiers`   `un quart`
`sur trois`   `la majorité`   `deux tiers`   `plus d'un tiers`

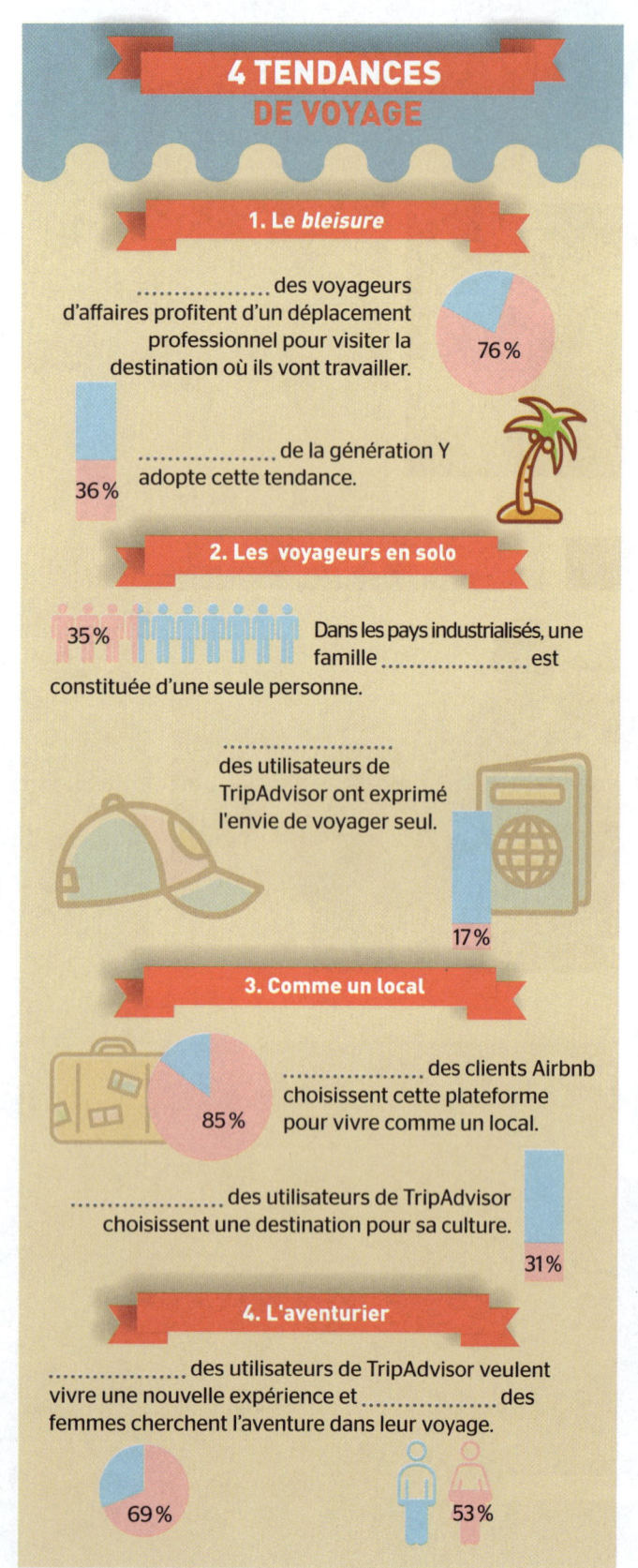

4 TENDANCES DE VOYAGE

1. Le *bleisure*

.... des voyageurs d'affaires profitent d'un déplacement professionnel pour visiter la destination où ils vont travailler. — 76 %

.... de la génération Y adopte cette tendance. — 36 %

2. Les voyageurs en solo

35 % — Dans les pays industrialisés, une famille .... est constituée d'une seule personne.

.... des utilisateurs de TripAdvisor ont exprimé l'envie de voyager seul. — 17 %

3. Comme un local

.... des clients Airbnb choisissent cette plateforme pour vivre comme un local. — 85 %

.... des utilisateurs de TripAdvisor choisissent une destination pour sa culture. — 31 %

4. L'aventurier

.... des utilisateurs de TripAdvisor veulent vivre une nouvelle expérience et .... des femmes cherchent l'aventure dans leur voyage. — 69 % / 53 %

---

2. Écoutez cette émission de radio. Complétez la fiche sur les vacances des Belges avec les informations entendues. 🎧 85

Les vacances des Belges

Le nombre de Belges à partir cet été : ....
L'été précédent : ....
Leur période préférée pour partir : ....
Leur budget : ....
La durée du séjour : ....
Les destinations : ....
Le logement : ....

Les adverbes en *-ment*

3. Formez un adverbe à partir de ces adjectifs. Puis, faites une phrase sur le thème du voyage.

— *fréquent : fréquemment > Je prends fréquemment le train pour partir en vacances.*

a. complet : ....
b. heureux : ....
c. bruyant : ....
d. long : ....
e. récent : ....
f. dernier : ....
g. doux : ....

4. Cherchez une photo qui illustre ce que représente le voyage pour vous, ou choisissez une photo ci-dessous. Rédigez la légende de la photo avec un adverbe.

5. Écoutez ces témoignages. Trouvez l'adverbe qui décrit le mieux la manière de voyager de ces trois personnes. 🎧 86

a. Dennis : voyager ....
b. Sibyl : se loger ....
c. Kamil : voyager ....

ÇA VAUT LE DÉTOUR! UNITÉ 8

L'alternance passé composé / imparfait

6. Complétez ces extraits du carnet de voyage de Chloé. Conjuguez les verbes entre parenthèses au passé composé ou à l'imparfait.

lundi 17 octobre,
Nouméa, Nouvelle-Calédonie,

Nous _____ (passer) dix jours à explorer Grande Terre. D'abord, nous _____ (longer) la côte ouest à partir de Nouméa avec un premier arrêt au site de la Roche percée. Ensuite, nous _____ (aller) à la baie des tortues, mais nous n'en avons pas vu, car ce _____ (ne pas être) la bonne période. Sur une autre plage à proximité, on _____ (regarder) des kitsurfeurs qui _____ (faire) des sauts exceptionnels. Le soir, nous _____ (dormir) dans un éco-gîte dans la forêt tropicale.

Depuis notre bungalow, nous _____ (avoir) une vue magnifique sur les montagnes.

À Koné, nous _____ (faire) un tour en ULM. La mer _____ (être) bleue turquoise, c' _____ (être) magique. Quelle émotion de voir enfin le cœur de Voh. Puis, nous _____ (redescendre) par la côte est où nous _____ (se rendre) à la cascade de Tao, pas loin de Hienghène. Nous _____ (devoir) marcher une vingtaine de minutes dans des petits sentiers glissants pour y accéder.

7. Complétez les commentaires des internautes qui racontent leurs meilleurs souvenirs de vacances.

Kelly: rester | être

Kelly: C'_____ au collège, quand je _____ toutes les vacances chez moi à lire *Harry Potter*.

Ophélie: se promener | être | rire | avoir | aller | jouer | commencer

Ophélie: Quand j'_____ enfant, j'_____ tous les étés en vacances dans la maison de campagne de mes grands-parents. Je _____ toujours avec Myrtille, la fille des voisins. Un jour, quand nous _____ dans les champs, une vache _____ à courir derrière nous. On _____ très peur, mais on _____ comme des folles.

Lukas: avoir (x2) | être (x2) | inviter

Lukas: L'été de mes 10 ans, mon meilleur ami Pavol m'_____ à passer deux semaines avec lui dans la maison de campagne de sa famille. C'_____ en fait un château ! Il y _____ de grandes pierres froides, de vieux meubles et des portraits de famille dans les couloirs. Mon lit _____ immense, et j'_____ l'impression d'être un prince.

Marine: connaître | parler | manger | avoir | adorer | comprendre | partir

Marine: J'_____ 7 ans. On _____ en Espagne avec mes parents et ma sœur. Nous _____ plein de spécialités que je ne _____ pas. Les gens _____ une langue que je ne _____ pas. J'_____ ce dépaysement.

soixante-trois 63

UNITÉ 8 — ÇA VAUT LE DÉTOUR !

8. Vous avez fait un *city-trip* à Bordeaux le week-end dernier. À partir des documents de voyage ci-dessous, racontez votre voyage dans votre journal intime.

Hôtel La Cour Carrée Bordeaux Centre — Très bien 8,4 — 556 expériences vécues
- Centre de Bordeaux, Bordeaux - Indiquer sur la carte (Dans le centre)
- 3 personnes regardent actuellement cette page
- Dernière réservation : il y a 4 heures
- Chambre double
- Forte demande : il ne reste plus que 2 hébergements sur notre site !
- Tarif pour 3 nuits : € 200
- Voir nos derniers hébergements disponibles >

Météo :
	mar.	mer.	jeu.	ven.	sam.	dim.	lun.	mar.
	15:00	18:00	21:00	00:00	03:00	06:00	09:00	12:00
	8	8	6	4	4	6	7	9
	9° 4°	12° 9°	12° 6°	9° 2°	9° 2°	9° 4°	11° 6°	11° 7°

Ticket pour l'opéra
vendredi 2 juin à 19 h
Prokofiev/Chostakovitch
ONBA/Michail Jurowski
SEAT 15 — ROW 21 — SEC 03

Les destinations de voyage

9. Faites des recherches sur le site de voyage Evaneos. Choisissez un pays, puis un itinéraire. Écrivez quelques phrases pour présenter et expliquer votre choix.

— *J'aimerais partir me détendre en Afrique au mois de mars. J'ai choisi Zanzibar qui se situe en face de la Tanzanie. Cette île est appelée « l'île aux épices »…*

....
....
....

10. Écoutez cette conversation dans une agence de voyages. Quel séjour au Maroc choisit le touriste ? Justifiez votre choix. (piste 87)

- Ascension du Toubkal et découvertes berbères ☐
- Le désert, terre de contrastes ☐

....
....
....

Les points cardinaux

11. Écrivez les régions de France sur cette carte à l'aide des indications.

1. La Corse se trouve au sud-est de la Provence-Alpes-Côte d'Azur.
2. La Bretagne est au nord-ouest du Pays de la Loire.
3. L'Auvergne-Rhône-Alpes est au nord-est de l'Occitanie.
4. L'Île-de-France se situe au sud des Hauts-de-France.
5. La Nouvelle-Aquitaine se trouve à l'ouest de L'Auvergne-Rhône-Alpes.

64 soixante-quatre

Les pronoms *y* et *en*

12. Reliez les verbes à la bonne préposition.

- se souvenir •
- penser •
- s'habituer •
- parler •
- avoir envie • • **à** quelque chose
- jouer • • **de** quelque chose
- s'occuper •
- se servir •
- se moquer •
- croire •
- profiter •

13. Complétez ces commentaires de voyageurs sur un forum avec les pronoms *y* et *en*.

a. Zanzibar est une belle île qui invite à la détente. Nous .... avons profité pour nous baigner dans une eau turquoise qui fait rêver.

b. Le Cameroun est un pays magnifique et ses habitants sont adorables. Saki a été un guide formidable qui nous a donné envie d' .... revenir très vite. Merci beaucoup !

c. Nous en garderons un souvenir inoubliable. Ce court voyage au Canada était réussi ! Le climat était agréable. Je n'arrête pas d' .... parler à mes amis.

d. Petit bémol, la chaleur au mois d'août : 40 °C en journée, 27 °C la nuit. Je m' .... suis habitué, mais cela a été dur.

e. Je ne m'étais pas très bien préparé avant de partir. Je ne savais pas que c'était la saison des pluies et qu'il y avait beaucoup de moustiques. Pensez- .... si vous partez en juillet !

14. De quoi parlent ces personnes dans ces textos selon vous ?

1
- Tu en as besoin quand ?
- Je pars la semaine prochaine, alors c'est assez urgent !

2
- Je ne m'en souviens plus...
- Mais, tu m'en as parlé hier !

3
- Les enfants adorent le jeu que tu leur as ramené de vacances. Ils n'arrêtent pas d'y jouer !

4
- Il faut s'en occuper avant de partir.
- Pas le temps, je dois encore préparer toutes les valises des enfants. Et toi ? Tu peux le faire après le travail ?
- Bon, je m'en charge...

1. ....
2. ....
3. ....
4. ....

15. Répondez aux questions. Évitez les répétitions.

1. Êtes-vous déjà allé/e à Madagascar ?

2. Gardez-vous un bon souvenir de vos dernières vacances ?

3. Vous pensez déjà à vos prochaines vacances ?

4. Parlez-vous de vos vacances à vos collègues ?

5. Est-ce que vous vous habituez rapidement à une nouvelle culture ?

La place de l'adjectif

16. Lisez cette introduction d'un guide touristique sur la Jordanie. Barrez les adjectifs mal placés.

Située entre deux mers, l'une Rouge et l'autre Morte, la Jordanie est un **petit** pays **petit** principalement constitué de désert et pendant longtemps peuplé uniquement par des nomades. Le pays est riche en **naturelles** réserves **naturelles** et en **balnéaires** stations **balnéaires**. Les civilisations qui se sont succédées y ont également laissé beaucoup de vestiges, parmi les plus importants du Moyen-Orient : la **romaine** ville **romaine** de Jerash, des châteaux dans le désert et, bien sûr, la **belle** Pétra **belle**, cité creusée dans la roche.

La Jordanie est un **coloré** pays **coloré** : la mer Rouge, Pétra la **rose** cité **rose**, Amman la blanche, sans oublier l'orange, le jaune et l'or du désert...

Un **autre** argument **autre** pour vous décider ? Il faut aller en Jordanie pour les Jordaniens, un peuple formidable qui réserve à tous les voyageurs un **chaleureux** accueil **chaleureux**. Ils vous inviteront sûrement à boire le thé ou le café à la cardamome, accompagné de **bonnes** pâtisseries **bonnes**. Un **magique** voyage **magique** !

UNITÉ 8 ÇA VAUT LE DÉTOUR !

17. Relisez les commentaires des voyageurs page 122 du livre de l'élève. Relevez les mots et les adjectifs utilisés pour exprimer leur expérience. À partir de ces expressions, rédigez un petit texte descriptif de Madagascar.

— *Madagascar est une île magnifique où on peut...*

....
....
....
....
....
....
....

Le gérondif

18. Trouvez le gérondif de ces verbes. Faites ensuite une phrase avec ce gérondif pour raconter une anecdote ou une habitude de vacances.

— *parler : en parlant > Je rencontre les habitants d'un pays en parlant avec eux dans le bus.*

1. voyager : ....
2. prendre : ....
3. acheter : ....
4. commencer : ....
5. payer : ....
6. appeler : ....
7. écrire : ....

19. Faites des propositions pour répondre à ces questions. Remployez la structure de l'exemple.

— *Comment peut-on voyager écologiquement ?*
— *En ne prenant pas l'avion.*

a. Comment peut-on voyager écologiquement ?
....

b. Comment peut-on apprendre des choses pendant un voyage ?
....

c. Comment peut-on rencontrer les habitants d'un pays qu'on visite ?
....

d. Comment peut-on se détendre en vacances ?
....

20. Faites des propositions pour aider ces personnes à éviter certains problèmes pendant leur voyage.

— *J'ai peur d'attraper l'hépatite.*
— *Tu n'auras pas de problèmes en te faisant vacciner.*

a. J'ai peur de tomber malade si je bois de l'eau du robinet.
....

b. Je ne parle pas la langue du pays.
....

c. Je ne veux pas prendre trop d'argent liquide avec moi.
....

d. J'aimerais aider les enfants dans le pays.
....

21. Écoutez ces témoignages de globe-trotteurs. Complétez une fiche par voyage. (piste 88)

Personne 1 :
Où : ....
Durée du voyage : ....
Avec qui : ....
Objectif du voyage : ....
Moyen de transport : ....

Personne 2 :
Où : ....
Durée du voyage : ....
Avec qui : ....
Objectif du voyage : ....
Moyen de transport : ....

Personne 3 :
Où : ....
Durée du voyage : ....
Avec qui : ....
Objectif du voyage : ....
Moyen de transport : ....

La description des paysages

22. Complétez les cases à l'aide des définitions. Puis, découvrez le nom du pays mystère à l'aide des lettres des cases colorées.

Pays mystère : ....

1. Cours d'eau qui se jette dans un autre cours d'eau.
2. Ensemble de grands arbres qui couvrent un terrain.
3. Poisson de mer au nez pointu qui n'a pas bonne réputation.
4. Haute élévation du sol, comme les Alpes.
5. Cours d'eau artificiel.
6. Trou d'où sort du feu, souvent une montagne.
7. Le plus grand mammifère marin.
8. Terre entourée d'eau.

PROSODIE - L'accentuation

23. Écoutez et découpez les phrases en groupes rythmiques. Interprétez le dialogue en respectant l'accentuation et l'intonation.
🎧 89

- • Tu as passé de bonnes vacances ?
- ○ Oui ! C'était magnifique, le Maroc est un superbe pays !
- • Tu es resté combien de temps là-bas ?
- ○ Dix jours. C'était ni trop peu ni trop court.
- • Tu as l'air en forme en tout cas.
- ○ Merci.

PROSODIE - La vitesse élastique

24. Écoutez et découpez les phrases en groupes rythmiques. Puis, comptez les syllabes de chaque groupe. Ensuite, répétez les phrases en respectant « la vitesse élastique ».
🎧 90

1. Ici, c'est la plus grande chambre.
2. L'année passée, c'était vraiment bien mieux !
3. Nico, tu arrives quand ?

> ✚ **La vitesse élastique**
> En français, une phrase contient 2 à 4 groupes rythmiques. Certains d'entre eux se prononcent plus vite que d'autres.
> Ex. : *Ici, c'est la salle de bains.*
> On découpe la phrase en groupes rythmiques : *Ici // c'est la salle de bains*. Il y a 2 syllabes dans le premier groupe et 5 dans le second. Le groupe contenant le moins de syllabe se prononcera plus lentement. *Ici* se prononcera donc plus lentement que *c'est la salle de bains* qui se prononcera plus rapidement.

PROSODIE - La liaison

25. Écoutez les énoncés suivants. Indiquez lequel des deux contient une liaison.
🎧 91

	Liaison énoncé 1	Liaison énoncé 2
1.		X
2.		
3.		
4.		
5.		
6.		

26. Écoutez et soulignez les liaisons.
🎧 92

1. Ils viennent avec leurs amis écossais.
2. C'est mon premier anniversaire à l'étranger.
3. Elle prend des cours dans une école en Espagne.
4. Elle voyage en Amérique et au Mexique.

PHONÉTIQUE - Discrimination du son [ã]

27. Écoutez les mots. Quel son entendez-vous ?
🎧 93

	[õ] comme dans *bon*	[ã] comme dans *vacances*
1.	X	
2.		
3.		
4.		
5.		
6.		

28. Écoutez les mots. Quel son entendez-vous ?
🎧 94

	[ã] comme dans *vacances*	[ɛ̃] comme dans *lointain*
1.	X	
2.		
3.		
4.		
5.		
6.		

29. Écoutez les mots et indiquez dans quel ordre vous entendez les voyelles nasales (deux voyelles par mot).
🎧 95

	[ã] comme dans *vacances*	[ɛ̃] comme dans *lointain*	[õ] comme dans *bon*
1.		1	2
2.			
3.			
4.			
5.			

PHONIE-GRAPHIE - Le son [ã]

30. Écrivez les adverbes comme dans l'exemple. Puis, écoutez et répétez.
🎧 96

1. direct - *directement*
2. calme - calme...
3. rapide - rapide...
4. absolu - absolu...
5. joli - joli...

> ✚ **Les adverbes en -ment**
> Tous les adverbes en –ment se terminent par le son [ã].

UNITÉ 8 — ÇA VAUT LE DÉTOUR !

PHONIE-GRAPHIE - Le son [ã]

31. Écoutez et indiquez la voyelle nasale correspondante à chaque liste de mots ([ã], [ɛ̃] et [õ]). Puis, soulignez les graphies correspondant à la voyelle [ã].
🎧 97

	Liste 1 son	Liste 2 son	Liste 3 son ....
1.	absolument	raisons	inconnu
2.	ensuite	nombreux	moyen
3.	globalement	montagne	quotidien
4.	changer	mondial	moins
5.	pendant	bon	juin
6.	membre	solution	loin
7.	chambre	mission	un

32. Comment peut s'écrire le son [ã] ? Trouvez des exemples dans l'unité 8 du Livre de l'élève et complétez l'encadré.

> ➕ **La graphie du son [ã]**
> Le son [ã] peut s'écrire de différentes manières :
> - **-en** : encore, ...
> - **-ent** ....
> - **-an** ....
> - **-em** ....
> - **-am** ....

Autoévaluation

Mes compétences à la fin de l'unité 8

Je suis capable de / d'…	J'ai encore des difficultés à…	Je ne suis pas encore capable de / d'…	
			parler des vacances et des raisons de voyager.
			présenter des données chiffrées.
			parler de la préparation d'un voyage.
			décrire et de raconter un voyage.

Mon bagage sur cette unité

1. Qu'est-ce que vous avez appris sur la culture française et francophone ?

2. Qu'est-ce qui vous a le plus intéressé et/ou étonné ?

3. Qu'est-ce qui est différent par rapport à votre culture ? Et qu'est-ce qui est similaire ?

4. Vous aimeriez en savoir plus sur…

DELF

DELF

Le DELF

Le **Diplôme d'Études en Langue Française (DELF)** est un diplôme délivré par le Centre international d'études pédagogiques (CIEP), établissement public du ministère de l'Éducation nationale français. Le diplôme est valable à vie ; il est reconnu dans plus de 170 pays.

Le niveau A2

Le niveau A2 correspond à 180 à 220 heures d'apprentissage. Le candidat de niveau A2 est capable de :
- comprendre des phrases simples sur des sujets familiers et de la vie quotidienne (informations personnelles et familiales, achats, travail, environnement, loisirs)
- décrire et présenter des gens, des conditions de vie et des activités quotidiennes
- parler de sa formation et de ses projets
- décrire des événements et des expériences personnelles
- réaliser des tâches simples de la vie quotidienne
- utiliser les formules de politesse et d'échange les plus courantes.

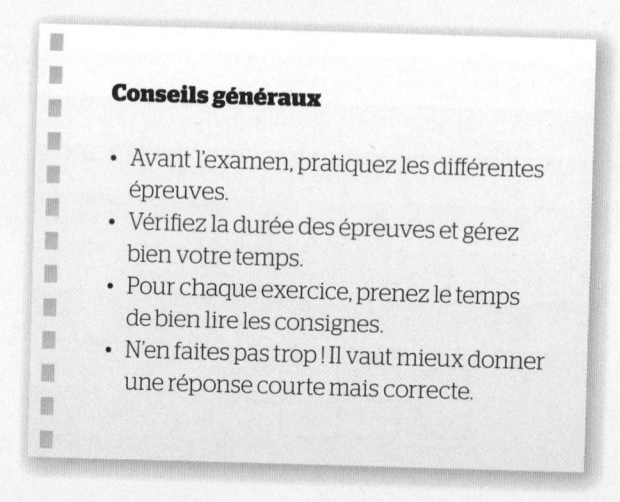

> **Conseils généraux**
>
> - Avant l'examen, pratiquez les différentes épreuves.
> - Vérifiez la durée des épreuves et gérez bien votre temps.
> - Pour chaque exercice, prenez le temps de bien lire les consignes.
> - N'en faites pas trop ! Il vaut mieux donner une réponse courte mais correcte.

Les épreuves

Nature des épreuves	Durée	Note sur
Compréhension de l'oral (CO) Réponse à des questionnaires de compréhension portant sur quatre courts documents enregistrés ayant trait à des situations de la vie quotidienne (2 écoutes). Durée maximale des documents : 5 min.	25 min environ	25
Compréhension des écrits (CE) Réponse à des questionnaires de compréhension portant sur quatre courts documents écrits relatifs à des situations de la vie quotidienne.	30 min	25
Production écrite (PE) Rédaction de deux brèves productions écrites (lettre amicale ou message) : · décrire un événement ou des expériences personnelles. · écrire pour inviter, remercier, s'excuser, demander, informer, féliciter, etc.	45 min	25
Production orale (PO) Épreuve en trois parties : · l'entretien dirigé. · le monologue suivi. · le dialogue simulé.	6 à 8 min (préparation : 10 min)	25
Seuil de réussite pour obtenir le diplôme : 50/100 Note minimale requise (pour chaque épreuve) : 5/25	Durée totale des épreuves : 2 h	Note totale : 100

COMPRÉHENSION DE L'ORAL   DELF

🎧 **Exercice 1**   Annonce dans un lieu public   POINTS **5**
98

Vous allez entendre 2 fois un document. Vous aurez 30 secondes de pause entre les 2 écoutes, puis 30 secondes pour vérifier vos réponses. Lisez d'abord les questions.

Vous écoutez ce message.

1. L'établissement Albert Camus est :   POINT **1**

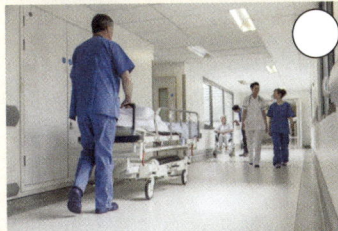

2. Quel est le taux de réussite global à l'examen ?   POINT **1**

3. À quelle heure, les résultats seront connus ?   POINT **1**

4. Les résultats seront affichés dans :   POINT **1**
   ☐ la cafétéria.
   ☐ la salle Victor Hugo.
   ☐ la salle du cocktail.

5. À 20 h, on pourra aussi consulter ses résultats sur Internet. Sur quel site ?   POINT **1**

🎧 **Exercice 2**   Message sur un répondeur   POINTS **6**
99

Vous allez entendre 2 fois un document. Vous aurez 30 secondes de pause entre les 2 écoutes, puis 30 secondes pour vérifier vos réponses. Lisez d'abord les questions.

Vous écoutez ce message.

1. Vous téléphonez à :   POINT **1**

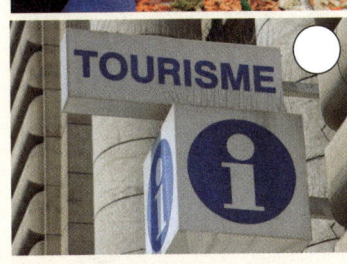

2. Dans quelle ville / quelle région ?   POINT **1**

3. Vous souhaitez savoir quelles sont les activités proposées en ce moment. Sur quelle touche appuyez-vous ?

   Touche n° ....   POINT **1**

4. La Fête du crabe se déroule :   POINT **1**
   ☐ du 9 au 6 mars.
   ☐ du 19 au 26 mars.
   ☐ du 19 au 26 mai.

5. Écrivez une activité proposée au programme :   POINT **1**

6. Si on souhaite plus d'informations, on peut :   POINT **1**
   ☐ envoyer un e-mail.
   ☐ aller sur le site Internet.
   ☐ téléphoner.

soixante et onze   **71**

DELF COMPRÉHENSION DE L'ORAL

Exercice 3 — Émission de radio — POINTS 6

Vous allez entendre 2 fois un document. Vous aurez 30 secondes de pause entre les 2 écoutes, puis 30 secondes pour vérifier vos réponses. Lisez d'abord les questions.

Vous écoutez cet enregistrement.

1. Vous venez d'entendre: POINT 1

☐ la fin d'un message diffusé sur haut-parleur.
☐ la fin d'un débat à la radio.
☐ une publicité.

2. Quel est le thème principal de ce document? POINT 1

3. Pour monsieur Bonou, les jeux doivent être: POINT 2

.... et ....

4. Monsieur Bonou pense que cet événement doit être organisé: POINT 1

☐ par des professionnels seulement.
☐ par des bénévoles seulement.
☐ par toutes les personnes engagées dans ce domaine.

5. Combien de valeurs fondamentales sont citées? POINT 1

....

Exercice 4 — Conversation informelle — POINTS 8

Vous allez entendre 2 fois un document. Vous aurez 30 secondes de pause entre les 2 écoutes, puis 30 secondes pour vérifier vos réponses. Lisez d'abord les questions.

Vous écoutez cette conversation.

1. Quel est l'état de santé de l'homme? POINTS 2

....

2. La femme pense que/qu': POINTS 2

☐ elle peut aider l'homme sans médicaments.
☐ les médicaments sont très dangereux pour la santé.
☐ posséder un lapin peut aider l'homme.

3. Pour la femme: POINTS 2

☐ les humains ont besoin de plus de choses pour être en bonne santé.
☐ les animaux ont besoin de plus de choses pour être en bonne santé.
☐ les humains et les animaux ont besoin des mêmes choses pour être en bonne santé.

4. À la fin, l'homme décide de: POINTS 2

....

COMPRÉHENSION DES ÉCRITS — DELF

Exercice 1 — Annonces — POINTS 5

Vous lisez le nouveau programme des activités de l'association Danse avec tes voisins.

(1 point par bonne réponse)

Les activités de l'association Danse avec tes voisins 2018-2019

1. Danse de salon pour seniors
   - mercredi et samedi à 14h30.

2. Danse contemporaine
   - niveau avancé.
   - à partir de 8 ans.
   - lundi et samedi à 18h

3. Danse de salon pour seniors
   - lundi et jeudi à 15h30.

4. Danse contemporaine
   - parents et enfants.
   - dimanche à 11h.

5. Danse classique tous niveaux.
   - à partir de 8 ans.
   - mercredi et samedi à 15h.

Écrivez le numéro du cours qui peut intéresser chaque personne dans la case correspondante :

	Activité n°
Louisette a 71 ans. Elle est disponible tous les jours sauf le week-end car elle part souvent dans sa maison de campagne.	
Laura a 18 ans. Elle fait de la danse contemporaine depuis six ans et elle désire continuer. Elle est disponible tous les jours à partir de 16 h, après le lycée.	
Helena voudrait faire découvrir la danse et la musique à son fils de 3 ans.	
Jeanine est une mamie active. Tous les jours sauf le mercredi et le week-end, elle s'occupe de ses petits-enfants. Elle souhaite faire de la danse pendant son temps libre.	
Enzo a 15 ans. Il a déjà fait de la danse contemporaine, mais il veut découvrir un autre type de danse.	

Exercice 2 — E-mail — POINTS 6

Lisez cet e-mail et répondez aux questions.

De : noreply@novordi.def
À : s.cros@mail.defi
Objet : Commande n°192837
15:12

Bonjour Sophie Cros,

Nous avons bien reçu votre paiement et nous vous en remercions.

Vous allez bientôt pouvoir profiter de votre produit NoVordI et nous sommes ravis de vous faire partager cette expérience unique !

Livraison de votre commande

Vous devriez être livrée sous 2 à 6 jours ouvrés soit au plus tard le lundi 19 février.

Nous vous enverrons le code de suivi de votre colis lors de son expédition. Ce lien vous permettra d'accéder aux informations plus précises, et notamment à la date exacte et les tranches horaires de livraison (entre 9h et 12h ou entre 14h et 17h)

Attention ! Nos livreurs peuvent se présenter chez vous sans vous avoir appelée au préalable. Afin de ne pas rater votre livraison, on vous recommande d'avoir une personne présente durant toute la période indiquée.

Pour toutes questions, n'hésitez pas à nous contacter par e-mail à serviceclient@novordi.fr

Et, si vous souhaitez recevoir notre newsletter et nos bons plans, cliquez ICI.

Cordialement,
L'équipe NoVordI

1. L'équipe NoVordI écrit pour : — POINT 1

☐ signaler un problème lors de la livraison.
☐ annuler une commande et la livraison.
☐ confirmer une commande et annoncer la livraison.

2. L'objet : — POINT 1

☐ a déjà été envoyé.
☐ va bientôt être envoyé.
☐ va être envoyé le 19 février.

3. En général, on peut être livré : — POINT 1

☐ le matin seulement.
☐ l'après-midi seulement.
☐ le matin ou l'après-midi.

4. Que conseille NoVordI le jour de la livraison ? — POINT 1,5

....
....

5. Si vous cliquez à l'emplacement indiqué, que va-t-on vous envoyer ? — POINT 1,5

....

DELF COMPRÉHENSION DES ÉCRITS

Exercice 3 Instructions   POINTS **6**

Lisez le texte, puis répondez aux questions.

La clé du bonheur… est-ce d'avoir un bon salaire ?

Pour 99 % des français, c'est surtout l'ambiance au travail qui donne envie de choisir ou de rester dans sa boîte ! Voilà pourquoi, le 16 octobre, on fête l'entreprise !

Une enquête a montré que plus on est heureux de travailler, mieux on travaille. En effet, travailler dans la bonne humeur améliore l'efficacité des salariés et renforce la cohésion et la solidarité entre les membres de l'entreprise.

Règlement intérieur spécifique pour la journée de l'entreprise

1- Faites un petit cadeau à votre collègue (un bouquet de fleurs, une tablette de chocolat…)

2- Votre chef vous réserve une surprise aujourd'hui ! Acceptez-le avec le sourire. Vous le méritez !

3- Présentez à vos collègues un travail ou un projet important que vous avez aimé réaliser cette année.

4- Prenez 1h de votre temps pour aider un collègue sur un travail ou un projet. Vous apprendrez à mieux le connaître et à mieux le comprendre, et peut-être qu'à son tour, il vous rendra service plus tard.

5- Détendez-vous et relâchez la pression ! Aujourd'hui, vous avez droit à 1h de massage du dos.

Vous êtes obligés de suivre ce règlement aujourd'hui, mais on vous recommande de continuer à l'appliquer autant que possible.

Aimez votre entreprise un jour… Aimez votre entreprise toujours !

---

1. D'après ce document, au travail, le plus important c'est de : POINT **1**

☐ gagner beaucoup d'argent.
☐ faire la fête.
☐ se sentir bien.

2. Une bonne ambiance au travail permet de / d' : POINT **1**

☐ améliorer les performances des salariés et le travail en équipe.
☐ améliorer le travail en autonomie.
☐ favoriser la compétition entre les salariés.

3. Quelle est l'image qui illustre le mieux la règle n°3 ? POINT **1**

4. Quel avantage présente la règle n°4 ? POINT **1,5**

....
....
....
....

5. D'après l'article, combien de temps est-il conseillé de respecter ce règlement intérieur ? POINT **1,5**

....
....
....
....

COMPRÉHENSION DES ÉCRITS **DELF**

Exercice 4 Article   POINTS **8**

Lisez l'article suivant, puis répondez aux questions.

idées livres : *Réparons ensemble.* Odile Raux

Chaque année, une personne jette plus de vingt kilos d'appareils électriques. Alors, imaginez la quantité que cela représente au niveau de la France entière !

Par facilité, nous jetons, alors que dans plus de la moitié des cas, les appareils fonctionnent encore ou sont réparables. Comment faire pour lutter contre ce mauvais réflexe ?

Les « cafés de la réparation » sont une réponse simple et accessible, dont le concept a été imaginé il y a huit ans par une journaliste néerlandaise. Ces cafés permettent aux personnes désireuses de changer leurs habitudes de se retrouver dans un endroit où des outils sont mis à leur disposition, et où elles peuvent donner une seconde vie à un objet qu'elles ont apporté. Dans « ces hôpitaux pour objets malades », tous les milieux sociaux et toutes les générations se retrouvent et s'entraident bénévolement. On peut aussi faire don des appareils destinés à être jetés. Des volontaires se feront un plaisir de les réparer. Le profit de la vente de ces objets contribue à l'entretien du café.

Cet ouvrage raconte l'aventure de ces cafés qui ont vu le jour en France, et s'adresse à ceux qui veulent repenser leur manière de consommer et leur rapport à l'autre.

---

1. Réparons ensemble, c'est :   POINT **1**

☐ un livre.
☐ un film.
☐ une pièce de théâtre.

2. Vrai ou faux ? Cochez la case correspondante (X) et recopiez la phrase ou la partie de texte qui justifie votre réponse.   POINTS **3**

	Vrai	Faux
1) En général, les objets qui passent à la poubelle ne fonctionnent plus du tout. Justification :		
2) Le concept des « cafés de la réparation » est français. Justification :		

3. Pourquoi les gens peuvent-ils aller dans les « cafés de la réparation » ?   POINT **1,5**

....
....
....
....

4. Grâce aux « cafés de la réparation », on peut aussi :   POINT **1**

☐ acheter des objets ou des appareils neufs.
☐ vendre des objets ou des appareils personnels.
☐ donner des objets ou des appareils personnels.

5. À quoi servira l'argent gagné grâce à la vente des objets réparés ?   POINT **1,5**

....
....
....
....

DELF PRODUCTION ÉCRITE

Lors de cette épreuve de production écrite, vous devrez rédiger deux courts messages (lettre, e-mail...) qui portent sur des sujets de la vie quotidienne.
Dans le premier exercice, vous devrez décrire un événement ou une expérience personnelle.
Dans le second exercice, on vous demandera d'écrire pour inviter, remercier ou féliciter une personne ou lui demander quelque chose.

Exercice 1   Décrire une expérience   POINTS 13

Écrivez un e-mail à un/e ami/e pour lui parler de votre dernière sortie au restaurant « Noir c'est noir ! ». Décrivez l'expérience sensorielle que vous avez eue et dites ce que vous avez goûté, senti, touché et entendu. Rédigez un texte de 60 à 80 mots.

Noir c'est noir !
est un restaurant où l'on mange dans le noir et donc où l'on ne voit pas ce qu'on mange... une expérience unique pour développer vos 4 autres sens !

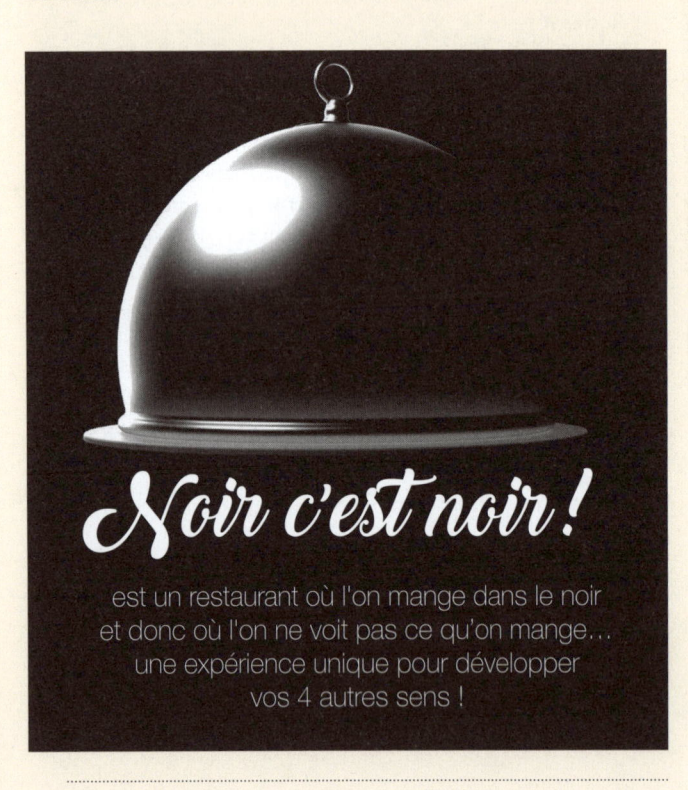

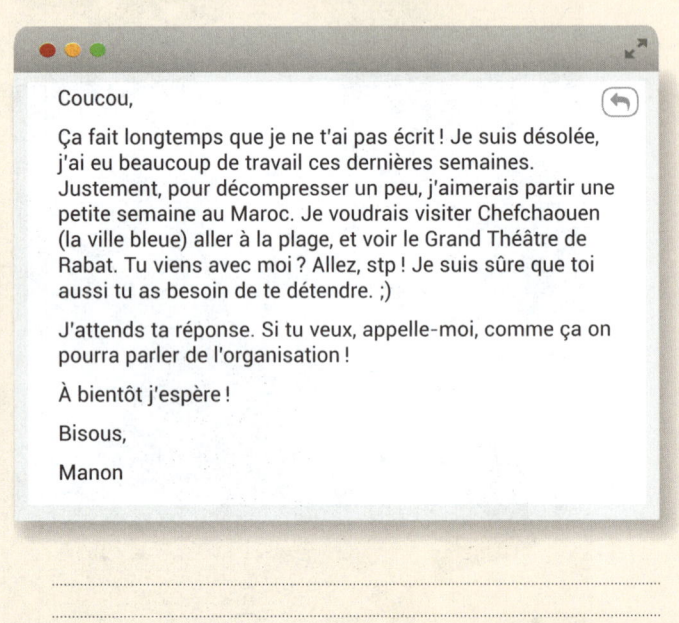

Exercice 2   Écrire pour remercier   POINTS 12

Vous avez reçu cet e-mail. Vous répondez à Manon. Vous la remerciez, mais vous refusez l'invitation et vous expliquez pourquoi. Rédigez un texte de 60 à 80 mots.

> Coucou,
>
> Ça fait longtemps que je ne t'ai pas écrit ! Je suis désolée, j'ai eu beaucoup de travail ces dernières semaines. Justement, pour décompresser un peu, j'aimerais partir une petite semaine au Maroc. Je voudrais visiter Chefchaouen (la ville bleue) aller à la plage, et voir le Grand Théâtre de Rabat. Tu viens avec moi ? Allez, stp ! Je suis sûre que toi aussi tu as besoin de te détendre. ;)
>
> J'attends ta réponse. Si tu veux, appelle-moi, comme ça on pourra parler de l'organisation !
>
> À bientôt j'espère !
>
> Bisous,
>
> Manon

! Une expérience sensorielle est une expérience qui fait appel aux cinq sens : le goût, la vue, l'odorat, le toucher et l'ouïe. Dans cet exercice, vous serez jugé/e sur votre capacité à décrire vos sensations et vos émotions.

PRODUCTION ORALE | **DELF**

L'épreuve de production orale comporte trois parties :
1. L'entretien dirigé (sans préparation).
2. Le monologue suivi (voir exercice 1).
3. L'exercice en interaction (voir exercice 2).

Quelques conseils pour l'examen

Lors de **l'entretien dirigé** :
- L'épreuve commence dès que vous êtes face à votre examinateur ! Saluez-le, puis il commencera immédiatement à vous poser des questions personnelles pour vous aider à vous présenter.
- Ces questions servent à vous mettre en confiance et à vous faire parler de vous, de votre famille, de votre lieu de vie ou de travail...
- Soyez attentif(ve) aux questions de l'examinateur.

Lors du **monologue suivi** :
- Vous pouvez choisir entre deux sujets, lisez-les bien et choisissez celui qui vous permettra de parler le plus facilement !
- Vous avez deux minutes pour préparer cette partie. N'écrivez pas tout ! Notez juste les idées principales et organisez votre présentation à l'aide de quelques mots.

Dans **l'exercice en interaction** :
- Soyez actif(ve) ! Posez des questions et répondez à celles de l'examinateur !
- Choisissez *tu* ou *vous* en fonction de la situation proposée.
- Si vous ne comprenez pas quelque chose, demandez à l'examinateur de répéter.

Exercice 1 Monologue suivi

1. Parlez de vos études ou de votre travail. Dites pourquoi vous avez choisi ces études ou ce travail, et dites ce que vous aimez et ce que vous n'aimez pas dans vos études ou votre travail. Répondez aux questions de l'examinateur.

2. Parlez de vos voyages. Où êtes-vous déjà allé/e ? Quel est votre pays ou votre ville préféré ? Pour quelles raisons ? Où rêvez-vous d'aller ? Répondez aux questions de l'examinateur.

Exercice 2 Exercice en interaction

1. Vous êtes malade. Vous allez consulter un médecin. Décrivez vos symptômes et expliquez comment vous vous sentez. Vous jouez le rôle du malade et le professeur ou un/e camarade joue le rôle du médecin.

2. Vous êtes au restaurant et vous décidez de parler avec le serveur car vous ne savez pas quel menu vous voulez prendre. Vous parlez de vos goûts et vous posez des questions concernant les deux menus proposés par le restaurant. Vous jouez le rôle du client et le professeur ou un/e camarade joue le rôle du serveur.

Menu Terre
— Entrées —
Foie gras poêlé ou
Salade de cabécou rôti
(fromage du Périgord)
— Plats —
Cassoulet ou Bœuf
bourguignon ou Ratatouille
— Desserts —
Clafoutis aux cerises ou
Mousse au chocolat

Menu Mer
— Entrées —
Bouillabaisse ou
Salade niçoise
— Plats —
Choucroute de la mer
ou Sole meunière
ou Galette bretonne
champignons-fromage
— Desserts —
Crème brûlée ou
Far breton aux pruneaux

TRANSCRIPTIONS DES ENREGISTREMENTS

UNITÉ 1

Piste 1

1. Marcos
Je ne peux pas faire du shopping, parce que je travaille de 8h00 à 20h00 du lundi au samedi et les magasins sont fermés le dimanche. Pour moi, acheter en ligne me fait gagner beaucoup de temps et je n'ai pas besoin de courir faire les magasins pendant ma pause déjeuner. Je commande sur Internet mes vêtements, mes livres et mes appareils technologiques. D'habitude, je fais mes achats avec mon smartphone dans le bus ou le métro.

2. Pierre
Je n'achète pas souvent en ligne. J'aime aller dans les magasins pour voir les produits ou toucher le tissu des vêtements et les essayer. La seule chose que j'achète sur Internet, ce sont mes billets d'avion ou de train pour partir en vacances. C'est pratique et rapide. Je n'ai pas besoin de me déplacer, je fais ça depuis mon ordinateur le soir, avant de me coucher. Je prends le temps de comparer les offres des compagnies aériennes pour trouver les meilleurs prix.

3. Nicoleta
Moi, j'achète quand je veux d'où je veux. Je fais mes achats en ligne avec mon téléphone ou ma tablette. Le soir, je surfe sur Internet pendant les publicités à la télé. Habituellement, j'y achète mes produits de beauté et les vêtements de mes enfants. Je compare souvent les prix pour trouver les bonnes affaires et faire des économies.

Piste 2

Découvrez dans ce livre un mode de vie qui vient du Japon : posséder moins pour vivre mieux. Ce livre explique comment vider son logement pour se sentir mieux. Pour Dominique Loreau, le minimalisme permet de rendre sa vie plus simple et de changer ses habitudes. Elle propose un mode de vie différent du matérialisme de notre société de consommation. Elle nous invite à acheter moins pour trouver le bonheur en nous, et pas dans les objets que nous achetons. Elle nous aide aussi à réorganiser notre emploi du temps pour avoir plus de temps pour nous, pour notre famille et nos amis.

Piste 3

1. Ces ciseaux permettent de couper votre pizza très facilement ! Ils sont en métal et ils font 25 centimètres de long. Pour 16,90 €, fini les problèmes pour couper la pizza !

2. Vous adorez dessiner, mais vous ne pouvez pas toujours trouver la couleur exacte ? Ce stylo connecté est fait pour vous. Grâce à son capteur, il peut copier la couleur de l'objet qu'il touche. Il est en plastique. Il existe en noir, en vert, en rouge ou en bleu. Il fait 175 millimètres de long. Son prix ? 110 €.

Piste 4

1. Les Repair Cafés sont des rencontres qui permettent de réparer ensemble. Elles ont lieu une fois par mois. À l'aide d'experts bénévoles, par exemple des électriciens, des réparateurs de vélos, etc., on répare soi-même ses objets cassés. La dernière fois, j'y suis allée pour réparer ma machine à café. Une dame m'a expliqué comment faire. J'adore cette initiative ! Les Repair Cafés servent à faire des économies et à apprendre à réparer soi-même ses objets. C'est aussi un bon moyen pour rencontrer des gens de son quartier.

2. J'aime jardiner à la campagne avec ma grand-mère. En ville, c'est compliqué. Les potagers collectifs m'ont permis de retrouver ma passion du jardinage. Vous allez me demander : « Mais qu'est-ce qu'un potager collectif ? ». C'est un espace vert, un jardin par exemple, où on cultive ensemble des légumes. Le terrain appartient à la ville. Grâce aux potagers collectifs, je peux cultiver mes propres légumes. C'est utile pour faire des économies et bien manger.

3. Cozycar est idéal pour moi qui n'utilise pas beaucoup ma voiture. Avoir une voiture coûte cher, alors je la partage avec une dizaine de voisins. Sur le site de Cozycar, vous pouvez créer votre groupe d'autopartage dans votre quartier et partager le coût de votre voiture avec vos voisins. Le propriétaire reçoit un prix par kilomètre. L'avantage est économique et environnemental. Résultat : il y a moins de voiture en ville !

Piste 5

1.
• Bonjour monsieur. Je peux vous aider ?
◦ Oui, je cherche des chaussures marron en cuir.
• Quelle est votre pointure ?
◦ 44.
• En 44, il me reste celles-ci ou celles-là.
◦ Je vais essayer les deux modèles.

2.
• Bonjour madame.
◦ Bonjour. J'aimerais une baguette, s'il vous plaît.
• Tenez.
◦ Non, pas celle-là. Elle est trop cuite.
• Celle-ci, ça va mieux ?
◦ Oui. Merci.

3.
• Je ne sais pas quoi porter pour mon rendez-vous avec la directrice.
◦ Il faut te sentir bien et sûre de toi.
• Hum... Que penses-tu de ce tailleur ?
◦ Un peu trop sexy.
• C'est vrai. Et celui-ci ?
◦ Trop strict.
• Bon... Celui-là, alors ?
◦ Ben voilà, parfait !

Piste 6

Mary Ellen Croteau est née en 1950, à Chicago. Elle a étudié la sculpture à l'université de l'Illinois, puis elle s'est inscrite aux beaux-arts à l'université Rutgers en 1998. Son travail a gagné de nombreux prix, et plusieurs journaux ont publié des critiques de ses œuvres. Pour faire son autoportrait, elle a utilisé des bouchons en plastique.

Piste 7

Ex. : J'ai envie.
1. Un mot anglais.
2. Tu as envie.

TRANSCRIPTIONS DES ENREGISTREMENTS

3. À une association.
4. Une consommation importante.
5. Un Canadien achète en ligne.
6. Un moment réservé à la détente ou aux loisirs.

Piste 8
Ex. : Les Français achètent en ligne ou en magasin ?
1. Combien de Français achètent en ligne ?
2. Combien achètent en ligne ?
3. Quand achètent-ils en ligne ?
4. Comment achètent-ils en ligne ?
5. Qui achète en ligne ?
6. Où achètent-ils en ligne ?
7. Ils achètent en ligne et en magasin.
8. Ils achètent en ligne et aussi en magasin.

Piste 9
1. Le groupe choisit ensemble.
2. Un groupement d'achat en commun.
3. Pour consommer autrement.
4. Le responsable choisit seul.
5. Une économie plus solidaire.

Piste 10
1. On sonne à la porte.
• Bonjour !
◦ Bonjour. C'est pour un don ?
• Non, je viens pour le RCR (Réseau de consommateurs responsables).
◦ Très bien ! Je veux bien répondre à vos questions.
2. Au restaurant, le garçon et le client.
• Bonsoir monsieur, vous préférez le poisson ou le mouton ?
◦ Le poisson, c'est très bon surtout le saumon.
3. Entretien professionnel.
• Comment s'appelle votre patron ?
◦ C'est une patronne.
• Ah bon ! C'est une bonne personne ?

Piste 11
1. montre - rentre
2. rendent - ronde
3. contre - centre
4. longue - langue
5. il sent - ils sont

Piste 12
1. Ils ont eu beaucoup de succès.
2. Ils ont monté la poubelle.
3. Ils sont montés au premier étage.
4. Ils sont nés en 2017.
5. Ils ont fait une exposition.
6. Ils sont partis à l'étranger.

UNITÉ 2

Piste 13
a. Je vais faire du ski la semaine prochaine, Je dois faire des exercices pour préparer mes genoux car ils sont fragiles.
b. Je me suis tordu la cheville hier soir à l'entraînement.
c. J'ai porté trop de poids, mon dos me fait souffrir.
d. Passer trop de temps devant l'ordinateur me provoque des douleurs au cou.
e. J'ai souvent mal à la tête en fin de journée.
f. Petit, je me suis bêtement déplacé l'épaule en jouant avec mon frère. Depuis, j'ai souvent mal.
g. Les personnes qui travaillent longtemps avec un ordinateur peuvent avoir des problèmes au poignet et des tendinites au bras.

Piste 14
• Bonjour monsieur Amadou Sanbobo, pourriez-vous nous dire ce que nous devons toujours avoir dans notre trousse de secours ?
◦ Bien sûr, alors il faut toujours avoir un flacon d'alcool à 70° et des compresses (ou des lingettes alcoolisées) pour pouvoir désinfecter une blessure si vous tombez ou si vous vous coupez. Ensuite, il faut des pansements pour protéger cette blessure. Après, vous devez toujours avoir une bande, du sparadrap et une paire de ciseaux pour faire un bandage en cas d'entorse, par exemple. Un autre élément important de votre trousse de secours, c'est le thermomètre, indispensable pour connaître votre température, surtout si vous avez de jeunes enfants. Enfin comme médicament indispensable, je recommande le paracétamol.
• C'est noté, merci pour toutes ces informations, monsieur Sanbobo.

Piste 15
1.
• Hier, je suis tombée dans l'escalier, je me suis fais très mal.
◦ Tu t'es cassé quelque chose ?
• Non, rien de cassé, juste de grosses douleurs aujourd'hui.
2.
• Ben, alors, ce plâtre ? Qu'est-ce qu'il s'est passé ?
◦ J'ai glissé, et voilà : cheville cassée.
3.
• Je me suis coupé hier en préparant le repas, ce n'était pas profond, mais j'ai beaucoup saigné.
4.
• Oh ! la la ! mais tu as un énorme bleu !
◦ Oui, je me suis cogné dans le coin de la table il y a quelques jours, et voilà le résultat !
5.
• Tu es toute blanche, ça va ?
◦ Non pas trop, j'ai des vertiges depuis quelques jours. Ce matin je suis tombée dans les pommes dans le métro, il faisait trop chaud !
• Mais, rentre chez toi ! Ne reste pas au travail !

Piste 16
1.
• Que puis-je faire pour vous ?
◦ Je tousse depuis trois jours.
• C'est une toux grasse ou sèche ?
◦ Sèche.
• Je vais vous donner un sirop à prendre trois fois par jour pendant quatre jours.

soixante dix-neuf | **79**

TRANSCRIPTIONS DES ENREGISTREMENTS

2.
- Que se passe-t-il ?
- Mon fils a des petits boutons rouges sur tout le corps.
- Alors, fais voir jeune homme. Hum ! Eh bien, c'est la varicelle !
- C'est très contagieux, n'est-ce pas ?
- Oui, il doit rester à la maison pour ne pas contaminer ses camarades.

3.
- Bonjour madame, alors que vous arrive-t-il ?
- J'ai un gros rhume, j'ai mal à la tête et j'ai mal partout.
- De la fièvre et des courbatures ?
- Oui, c'est ça !
- Il y a une épidémie de grippe en ce moment. Vous allez rester chez vous, prendre de l'aspirine contre la fièvre et boire beaucoup d'eau.

Piste 17
- Alors, que vous arrive-t-il ?
- Je ne me sens pas bien depuis quelques jours.
- Vous avez de la fièvre ?
- Non, pas de température.
- D'accord, donc si vous n'avez pas de température, ce n'est pas une infection. Je pense que c'est un petit rhume.
- Qu'est-ce que vous pouvez me prescrire pour le rhume ?
- Vous allez prendre du paracétamol pour la douleur, de la vitamine C pour vous redonner de l'énergie. Vous pouvez aussi vous laver le nez avec du sérum physiologique. Vous avez cela chez vous ?
- Du paracétamol, oui, mais pas le reste.
- Voici votre ordonnance.
- Merci ! Tenez, ma carte vitale.

Piste 18
- Salut Yunus, j'ai appris que tu allais partir ! Tu vas où ?
- Eh oui, je vais travailler à Lille.
- C'est loin, ça, dis donc ! Mais tu as acheté une maison il n'y a pas longtemps, non ? Qu'est-ce que tu vas en faire ?
- Oui, c'est vrai. Une petite maison devrait pouvoir se louer facilement, tu ne crois pas ? Et puis sinon, je vends.
- C'est sûr, tu pourras la louer, elle est superbe ! Et Tobby, il vient avec toi quand même ?
- Ah oui, jamais sans mon chien.
- Tu es content de partir ?
- Oui, c'est une nouvelle expérience, mais je ne verrai plus mes patients, je ne vous verrai plus.
- Ben oui, mais on restera en contact !
- Oui, je vous écrirai et je vous enverrai des patients. (Rires.)
- Je ne pense pas qu'ils viennent ici, mais bon, on ne sait jamais. (Rires). Et tu pars quand alors ?
- Je déménage à la fin du mois.
- Bon, ben on aura encore l'occasion de se voir alors.
- Oui, je ferai une petite fête avant de partir pour dire au revoir à tout le monde.
- Super idée... Dis, je dois y aller, mes patients m'attendent.
- Oui, moi aussi, à bientôt.

Piste 19
1. le malade
2. la santé
3. le remède
4. gratuite
5. le monde
6. grande

Piste 20
1. décès
2. toux
3. sanitaire
4. diabète
5. télé
6. protection
7. étude

Piste 21
1. grand
2. blonde
3. accord
4. grande
5. accordé
6. blond

Piste 22
1. l'heure
2. l'huile essentielle
3. le hamster
4. l'homéopathie
5. la hauteur
6. l'hiver

Piste 23
1. les heures
2. les huiles essentielles
3. les hamsters
4. en hiver
5. un hamster
6. en haut

Piste 24
1. les chevaux
2. l'asthme
3. le rhumatisme
4. la phytothérapie
5. flasher
6. les techniques

Piste 25
1. Un grand angle.
2. Quand il vient.
3. Un très grand espace.
4. Qu'attend-il ?

Piste 26
1. Le vaccin le plus efficace.
2. Le médicament le mieux adapté.
3. Le traitement le moins coûteux.
4. Le traitement le moins efficace.
5. Le médicament qui soigne le mieux.
6. La maladie la plus contagieuse.
7. Le malade le moins fragile.

TRANSCRIPTIONS DES ENREGISTREMENTS

UNITÉ 3

Piste 27
1. Marie
La gastronomie québécoise est très jeune si on la compare aux gastronomies européennes. J'ai lu que certains magazines spécialisés mettent Montréal dans le top 10 des destinations gastronomiques dans le monde. Peut-être parce que beaucoup de jeunes chefs réinventent nos classiques, par exemple la poutine : des frites avec du fromage fondu et une sauce brune !
2. Philippe
La gastronomie québécoise a toujours évolué. Les Amérindiens nous ont transmis l'habitude de mettre du sirop d'érable sur nos viandes, on aime le sucré-salé. Mais la gastronomie est ouverte, et les ingrédients nouveaux sont très bien acceptés. Notre cuisine évolue avec les ingrédients que l'immigration apporte. C'est une chance !
3. Jean
La gastronomie québécoise, ce sont des recettes de nos grands-mères, c'est tout un patrimoine. Les touristes qui vont dans nos restaurants peuvent découvrir nos vieux classiques, comme la cipaille, une recette populaire qui mélange du bœuf, du porc et du poulet dans une pâte fine, avec des épices douces. Ces plats un peu lourds correspondent à notre culture, et à nos hivers froids.

Piste 28
1. Bonsoir, j'ai une réservation pour deux personnes.
2. Vous avez choisi ?
3. Les flans sont délicieux, mais il n'en reste qu'un seul.
4. Excusez-moi, vous pourriez m'apporter de l'eau, s'il vous plaît ?
5. C'est la spécialité de la maison !
6. S'il vous plaît ! On peut vous régler ?
7. Comment désirez-vous payer ?

Piste 29
Le concours Meilleur ouvrier de France se déroule tous les quatre ans. Il existe plusieurs catégories. Les métiers « de l'alimentation » sont nombreux : la boucherie, la charcuterie-traiteur, la boulangerie, et bien sûr : la pâtisserie !
Pour participer au concours de pâtissier, les candidats doivent faire un examen écrit d'1h30, et cuisiner un buffet pendant environ 15h. Ils doivent choisir un thème (mariage, Pâques, anniversaire, etc...) et préparer un buffet d'une dizaine de pâtisseries. Chaque recette est notée sur 20, avec deux critères essentiels : le plat doit être beau, coloré, net, original. Le chef doit montrer qu'il connaît les techniques. Les cinq sens doivent être en harmonie. Il doit y avoir dans le plat de nouvelles associations de saveurs. Le candidat doit porter une tenue obligatoire : toque blanche, veste blanche, pantalon noir, tablier blanc.

Piste 30
• Agostino, bonjour, vous êtes un jeune chef, et vous avez participé à un cours de l'école du Cordon Bleu au Mexique.
◦ Oui.
• Pourquoi avez-vous choisi la cuisine ?
◦ J'ai toujours vu ma grand-mère cuisiner. Je me souviens de ses gestes, précis et élégants, comme une danse. Je crois que ça m'a influencé.
• Quel est votre premier souvenir de cuisine ?
◦ Je pense que c'est une odeur : le chocolat !
• Qu'est-ce que vous aimez en cuisine ?
◦ J'aime mélanger les cultures. J'ai habité longtemps en France, et je suis mexicain. Chez nous, on cuisine beaucoup le chocolat comme sauce, je pense que ce goût, très fort, un peu amer, se marie bien avec des recettes françaises.
• Et quelle est votre spécialité ?
◦ Les tacos de canard confit. Un tex-mex du Sud-Ouest ! (Rires.) C'est de la viande de canard, cuite dans son propre gras, un délicieux classique français ! Mais j'y ajoute des pommes. Leur goût contraste bien avec la viande. Et elles croquent sous la dent !
• Vous travaillez d'autres produits français ?
◦ Bien sûr ! Par exemple, le fromage de chèvre, que je fais frire avec des piments secs mexicains. J'adore le bruit de la friture, c'est comme une musique pour moi !

Piste 31
J'ai participé à un atelier de cuisine péruvienne à Istanbul. Ça a duré toute une journée, j'ai adoré. Je trouve que la cuisine du Pérou est très riche et très diversifiée. J'ai appris beaucoup de choses. À mon avis, l'atelier est un bon moyen d'apprendre à cuisiner. On a cuisiné un ceviche, c'est délicieux, une soupe aux crevettes, et un sauté de bœuf au riz pilaf. Maintenant, je pense que je sais préparer des crevettes, et ce n'est pas facile ! (Rires.)

Piste 32
1. longue
2. langue
3. collègue
4. légumes
5. lagon
6. ragoût
7. gâteau
8. gastronomie
9. Guadeloupe

Piste 33
1. le beignet
2. les collègues
3. l'accompagnement
4. je mange
5. l'oignon
6. le végétarien
7. la Guadeloupe
8. l'originalité
9. la région

Piste 34
1. Tu n'en as pas goûté.
2. Nous en faisons frire.
3. Il en est très satisfait.
4. On en mange en entrée.
5. Les Turcs en boivent dans des petits verres.
6. Les Français en achètent pour les repas de fête.

TRANSCRIPTIONS DES ENREGISTREMENTS

Piste 35
1. Je mange de moins en moins au restaurant.
2. Les Français mangent de plus en plus à l'extérieur.
3. Vous achetez de plus en plus de produits bio.
4. Le restaurant le plus exotique, c'est lequel?
5. La recette la plus originale, c'est la salade avec des fleurs.

Piste 36
1. beaucoup – trop – assez – encore – très – suffisamment – bien.
2. tôt – tard – avant – après – maintenant.

Piste 37

Goûter
Je goûte
Tu goûtes
Il/Elle/On goûte
Nous goûtons
Vous goûtez
Ils/Elles goûtent

Regarder
Je regarde
Tu regardes
Il/Elle/On regarde
Nous regardons
Vous regardez
Ils/Elles regardent

Toucher
Je touche
Tu touches
Il/Elle/On touche
Nous touchons
Vous touchez
Ils/Elles touchent

Écouter
J'écoute
Tu écoutes
Il/Elle/On écoute
Nous écoutons
Vous écoutez
Ils/Elles écoutent

Piste 38
1. voir
2. entendre
3. toucher
4. sentir
5. goûter

UNITÉ 4

Piste 39
1. Dans mon sac de sport, il y a un kimono et une ceinture verte.
2. Dans mon sac de sport, il y a un maillot de bain, un bonnet de bain, une paire de lunettes et une serviette.
3. Dans mon sac de sport, il y a un short, un tee-shirt, une paire de baskets et un ballon.
4. Dans mon sac de sport, il y a une raquette, des volants et une paire de baskets.

Piste 40
1. On devrait peut-être annoncer la naissance du bébé à tes parents en premier?
2. Il faudrait faire plus d'exercices physiques pour être en forme. Pour toi aussi mamie, tu devrais faire de la marche.
3. Vous ne devriez pas penser que l'autre équipe est meilleure.
4. Tu ne devrais pas seulement penser à la danse, il y a d'autres sports.
5. Il faudrait passer la balle plus rapidement quand je te le dis, sinon les autres ont le temps de se positionner en défense.
6. Nous devrions prendre le vélo pour aller à l'école et pas la voiture. C'est la maîtresse qui l'a dit!

Piste 41
1. Nous devons payer une cotisation annuelle?
2. Est-ce qu'il devra participer aux compétitions?
3. Est-ce que nous devrions acheter un podomètre?
4. Nous pourrions assister aux entraînements?
5. Il pourrait rentrer seul de l'entraînement?
6. Il faudra faire des exercices à la maison?

Piste 42
1. Moi, je suis célibataire, alors faire du sport me permet de rencontrer des gens et de me faire des amis.
2. Je travaille beaucoup et faire du sport, ça m'aide à déconnecter et à me défouler.
3. Le sport, j'en fais depuis tout petit, je ne peux pas m'en passer. Je dois en faire au moins deux fois par semaine, c'est un minimum. Sans sport, je ne vais pas bien.
4. Je travaille toute la journée assis devant un ordinateur, faire du sport me permet d'avoir un minimum d'activité physique.
5. Avant oui, plus maintenant. Je ne fais plus de sport car j'ai eu de nombreuses blessures. Je ne veux plus me casser toutes les articulations comme avant. Pour moi, c'est fini!

Piste 43
1. superbe
2. survêtement
3. aérobic
4. ballon
5. épreuve
6. sportive

Piste 44
1. le football
2. il tombe
3. la volonté
4. Versailles
5. boire beaucoup d'eau
6. épreuve individuelle
7. le volley-ball

Piste 45
Série 1
1. Cette
2. Cette épreuve
3. Cette épreuve individuelle
4. Cette épreuve individuelle n'est pas
5. Cette épreuve individuelle n'est pas valable.

Série 2
1. Vous
2. Vous avez
3. Vous avez oublié
4. Vous avez oublié vos baskets
5. Vous avez oublié vos baskets au vestiaire.

Piste 46
1. J'ai oublié.
2. Je fais du sport.
3. J'ai fait du sport.
4. Je finis l'entraînement.

5. J'ai fini l'entraînement.
6. Elle se blesse.
7. Elle s'est blessée.

Piste 47
- Donc, c'est vraiment important d'avoir des célébrités ?
- Oui, oui, ces personnes sont mondialement connues, alors les gens les écoutent. Et c'est pour ça que leur message est plus fort.
- Pourquoi faire appel aux sportifs ?
- Parce que les sportifs partagent les valeurs de l'Unicef. Ils deviennent ambassadeurs ou ambassadrices afin de donner de l'espoir aux enfants, pour leur transmettre l'envie de réussir dans la vie, la volonté de se dépasser, et également pour les motiver. Nous faisons aussi appel à eux parce que nous pensons que le sport est un droit pour tous les enfants. Donc ces ambassadeurs sont un merveilleux exemple pour les enfants.

Piste 48
1. un coureur
2. le meilleur
3. il peut
4. ils peuvent
5. elle veut
6. elles veulent

Piste 49
1. jeune
2. douze euros
3. père
4. les chevaux

UNITÉ 5

Piste 50
a. Je voudrais arrêter de consommer des produits emballés dans du plastique. Je vais faire plus attention.
b. J'espère que ma proposition de télétravail sera acceptée.
c. J'aimerais étudier quelque chose de très différent des études que j'ai faites. Une matière scientifique ! J'aimerais être biologiste marin, par exemple !
d. J'aimerais partir en tournée avec un cirque ou un théâtre itinérant et vivre de mon art !
e. J'espère pouvoir visiter l'Indonésie et découvrir enfin les volcans de l'île de Java !
f. J'espère que la fête surprise que j'organise pour les 40 ans de mon copain se passera bien.

Piste 51
- Que veux-tu faire quand tu seras grand ? Nous avons posé cette question aux élèves d'une école primaire de Lyon, en France. Des réponses souvent drôles et intelligentes. Nous les écoutons…
- Je voudrais devenir pédiatre parce que j'adore les enfants. Et un jour, une dame très gentille a soigné mon mal de gorge. Elle m'a fait une piqûre, et le lendemain j'étais guérie. Je voudrais être comme elle ! Et je donnerai des sucettes aux enfants !
- Moi, je veux être enseignante, parce que j'aime bien poser des questions, mais seulement si les élèves sont sages. Sinon, j'aimerais bien être caissière. C'est un très bon métier, car tu peux faire tes courses gratuitement.
- J'espère que je serai professeure de gymnastique acrobatique. J'apprendrai aux enfants à être souples. Je créerai toutes sortes de figures de gymnastique pour eux. On fera des spectacles ensemble dans lesquels on portera des costumes avec des paillettes et des jolis accessoires dans les cheveux.
- J'aimerais être styliste. Trop de gens s'habillent en noir. Il faut plus de couleurs dans les rues !
- Moi, je veux être banquier comme mon beau-père.
- J'espère être footballeur. Lors de mes entraînements avec mon équipe, je me suis déjà cassé une fois le bras et une fois un orteil, mais ça ne me dérange pas. Le plus important, c'est de ne pas se casser le pied pour pouvoir continuer à jouer.
- Mais les parents dans tout ça ? Quels sont les métiers dont ils rêvent pour leurs enfants ? Environ huit parents sur dix ont en tête un métier favori pour leur fille ou leur fils. Et ce ne sont pas tout à fait les mêmes… Un peu plus sérieux. Les métiers qui arrivent en tête sont les médecins devant les ingénieurs et les informaticiens, suivent les métiers de la finance et les enseignants.

Piste 52
1. Je m'appelle Natoo, Nathalie de mon vrai nom. Dans la vie, je suis illustratrice, graphiste et dessinatrice. Pour résumer un peu mon parcours, j'ai intégré une école d'art et de design à l'université d'Orléans, puis j'ai débuté dans la vie active. J'ai travaillé pendant trois mois comme graphiste dans une mairie, mais je me suis vite rendu compte que ce n'était pas ce que je voulais faire. Donc après cette brève expérience, je me suis mise à mon compte et même si les débuts ont été très difficiles, je suis très heureuse aujourd'hui. La première année, c'est vraiment dur de trouver des clients. Mais maintenant au bout de cinq ans, les gens me font confiance. L'année dernière, j'ai illustré plusieurs albums jeunesse. Et puis, à côté de ça, je continue à développer mes projets personnels. J'ai un blog, et puis je vais ouvrir une petite boutique.

2. Moi, c'est Xavier, je suis ostéopathe. Depuis mon enfance, je m'intéresse à l'ostéopathie car ma mère est elle-même ostéo. Je trouve ça génial de pouvoir soigner les gens sans aucun matériel, juste avec le pouvoir de ses mains. J'ai fait ma première année d'études à Aix-en-Provence, puis j'ai changé d'école pour une école plus reconnue. Donc j'ai déménagé à Nice où j'ai fait quatre ans d'étude. Ensuite, j'ai pris une année sabbatique et j'ai fait le tour de l'Australie et de l'Indonésie. Quand je suis rentré, j'ai fait quelques remplacements, et j'ai décidé d'ouvrir mon propre cabinet, dans un village. Je vais me spécialiser dans l'ostéopathie pour les tout-petits…

Piste 53
Malala Yousafzai est une militante pakistanaise pour le droit des femmes, née le 12 juillet 1997 à Mingora, dans le nord du Pakistan, une région où les talibans locaux interdisaient aux filles de fréquenter l'école.

Elle vit à Mingora, de 1997 à 2012. Quand elle n'a que 11 ans, elle décrit son expérience sur le blog *Le Journal d'une écolière pakistanaise*, hébergé sur le site en langue ourdou de la chaîne

TRANSCRIPTIONS DES ENREGISTREMENTS

britannique BBC. Elle écrit ce blog de 2009 à 2012. Le 9 octobre 2012, elle est victime d'une tentative d'assassinat où elle est gravement blessée. Elle est transférée à l'hôpital de Birmingham au Royaume-Uni, le 15 octobre, pour suivre un traitement plus poussé. Depuis cet événement, Malala Yousafzai vit en Angleterre. En 2014, elle n'a que 17 ans, et elle obtient le prix Nobel de la paix. Elle devient ainsi la plus jeune lauréate de l'histoire de ce prix. En mars 2018, elle revient pour la première fois, depuis l'attentat, sur le sol du Pakistan pour une visite de quatre jours.

Piste 54
1. Il a un bon CV.
2. Il est ingénieur?
3. Elle aimerait faire son master à l'étranger.
4. Elle suit des cours en ligne?
5. Il étudie encore?
6. Le baccalauréat coûte cher.

Piste 55
1. Tu travailles tous les jours?
2. Cette année, Julie, Laurent, Mathilde et Julien sont dans ma classe.
3. Est-ce que tes études te plaisent?
4. Le plus important, c'est de réussir les examens.
5. Il se sent stressé, fatigué et démotivé.
6. Je révise souvent dans un bar, dans un parc, dans un café ou même chez une amie.

Piste 56
- Tu étudies quoi?
- J'étudie l'architecture.
- Quels sont tes futurs projets?
- J'aimerais apprendre l'espagnol pour aller travailler en Amérique latine. Et toi? Tu étudies quoi?
- J'étudie les langues.
- Pour travailler dans la traduction?
- Non, pour devenir interprète.

Piste 57
1. saine - sain
2. moyenne - moyen
3. pleine - plein
4. africaine - africain
5. lycéenne - lycéen

Piste 58
1. bien
2. un lycéen
3. la moyenne
4. un Parisien
5. universitaire
6. vingt sur vingt
7. tu voudrais
8. l'examinateur
9. la fin
10. la quatrième

Piste 59
1. un examen
2. une lycéenne
3. des centaines
4. un terrain de football
5. la recherche d'emploi
6. le drapeau canadien
7. un paiement par carte bancaire
8. un point important

Piste 60
1. J'ai un travail incroyable!
2. C'est impossible!
3. Il est incapable de faire son travail.
4. Je suis infirmière depuis cinq ans.
5. Les Canadiens ont un bon système éducatif.

Piste 61
1. la main
2. le vin
3. le timbre
4. la peinture
5. lundi
6. le parfum
7. la faim

UNITÉ 6

Piste 62
1. Pouah, j'aime pas ça... Beurk!
2. Ouf! J'ai eu le train!
3. Génial, super! J'ai gagné au Loto! On part en vacances!
4. Ben, je ne sais pas, moi, euh, ben...
5. Alors, pas de cinéma ce soir? Dommage!
6. Oh! lala! Qu'est-ce que tu fais là?

Piste 63
1.
- Bonjour. Installez-vous, je vous en prie. Alors, parlez-moi un peu de vous...
- Euh... vous pouvez préciser votre question?
- Eh bien, présentez-vous! Quelle est votre situation familiale? Vous êtes célibataire? Vous avez des enfants? C'est important pour évaluer votre disponibilité.

2.
- Vous n'êtes pas sans savoir que le travail sur ce projet exige de vous beaucoup de flexibilité. Êtes-vous prêt à faire des heures supplémentaires quand cela est nécessaire?
- Bien sûr, si cela est nécessaire pour le bon déroulé du projet et que ces heures sont rémunérées.

3.
- Bonjour. Asseyez-vous. Alors... M... excusez-moi, j'ai du mal à prononcer votre nom de famille. On doit vous le dire souvent! Vous venez d'où?
- Mon nom est d'origine polonaise, mais on s'habitue, vous verrez.

4.
- Pour terminer... Où vous voyez-vous dans dix ans?
- Eh bien... J'espère acquérir assez d'expérience pour envisager une évolution de carrière et avoir plus de responsabilités. Être responsable d'une équipe par exemple.

TRANSCRIPTIONS DES ENREGISTREMENTS

Piste 64
- Comment tu te sens?
- Ça va. Ça va mieux. Je me sens plus impliquée, moins stressée et surtout plus heureuse.
- Ah, je suis content de l'entendre!
- Et toi, comment tu vas?
- Bien! Je reviens de vacances. J'ai pris le temps de me reposer, de lire, de visiter et de prendre bien soin de moi.

Piste 65
1. Je déteste mon nouveau collègue.
2. Je me sens heureuse, épanouie, fière de moi.
3. J'adore le nouveau chef de projet.
4. Mon travail me passionne.
5. Je suis stressé pour l'entretien.
6. Je me sens bien sur mon lieu de travail.

Piste 66
1. Ah, j'ai beaucoup de travail aujourd'hui.
2. Ah, j'ai beaucoup de travail aujourd'hui.
3. Ah, j'ai beaucoup de travail aujourd'hui.

Piste 67
1. une feuille
2. une grille
3. le meilleur employé
4. un travailleur
5. joyeux

Piste 68
1. Je rêve de voyage et de soleil.
2. Il faut payer ses factures.
3. Le travail, c'est la santé!
4. C'est le brouillon du nouveau projet.
5. Je manque de sommeil, je travaille trop.
6. Je réveille ma fille tous les matins.

Piste 69
1. employeur
2. employé
3. métier
4. bureau
5. finir
6. prendre

Piste 70
1. un entrepreneur
2. un homme d'affaires
3. un concours
4. un euro
5. une conférence
6. un directeur
7. une formation
8. une réunion
9. un rapport de projet

Piste 71
1. Tu risques d'arriver en retard.
2. C'est votre vie privée.
3. Il va finir tard.
4. C'est très important.
5. Quel bonheur de travailler avec toi.
6. On va boire l'apéro entre collègues.
7. Il y a une réunion après le travail.
8. Je suis en formation à partir de lundi prochain.
9. Il y a une conférence très intéressante ce soir.

UNITÉ 7

Piste 72
- Qu'est-ce que tu as fait, toi, pour les journées du patrimoine?
- Oh, c'était super! J'ai eu la chance d'aller à la piscine Molitor.
- À la piscine?
- Oui, mais attends, c'est un lieu classé monument historique! C'était une piscine dans les années 1930, puis après ça a été abandonné, et les bassins sont devenus un lieu de rendez-vous pour les street artistes. J'ai vu des vieilles photos de graffitis.
- Et aujourd'hui, c'est comment?
- C'est un hôtel super cher, avec les piscines restaurées dans le style Art déco, c'est magnifique. La visite était vraiment intéressante. Les cabines de la piscine sont décorées par des artistes contemporains, et il y a aussi une exposition d'œuvres sur le toit-terrasse.
- On peut se baigner dans la piscine?
- Non, elle est réservée aux clients de l'hôtel.

Piste 73
- Dis-moi, Pierre, comment tu classes tes livres?
- Moi, je déteste l'ordre alphabétique, je trouve ça trop impersonnel, alors je les regroupe par nationalité ou par thèmes. Bien sûr, je mets les romans d'un même auteur tous ensemble. Et toi?
- Moi, ça dépend. En général, je mets les gros livres sur une étagère, et les formats poche sur une autre. Je range les « poches » par genre: la science-fiction, les polars et la philosophie. Et puis, j'ai une étagère spéciale pour les livres qu'on m'a offerts, et là, je les mets par ordre chronologique.
- J'ai lu que notre façon de ranger notre bibliothèque révèle beaucoup de choses sur nous.
- Peut-être.

Piste 74
Bonjour, aujourd'hui, je vais vous parler d'un roman de Philippe Besson. Ça s'appelle *Un garçon d'Italie*, ça se passe à Florence, et c'est très beau. Je l'ai lu en deux soirées, parce que je ne voulais pas le finir trop vite! C'est le problème avec Besson, ses livres sont trop courts. Dès le début, on a envie de savoir la fin, parce que c'est un mort qui raconte l'histoire. Il faut lire jusqu'à la dernière page pour savoir ce qu'il s'est passé. Je vous le conseille, surtout si vous aimez les histoires d'amour et l'Italie.

TRANSCRIPTIONS DES ENREGISTREMENTS

Piste 75
1. un monument
2. une salle de concert
3. l'art
4. voyager
5. la danse
6. un lieu culturel
7. la littérature
8. un auteur
9. une histoire
10. Paris

Piste 76
1. Un nouveau musée ouvrira dans une semaine.
2. Ce roman existe en poche.
3. Avant la rénovation du monument, le site était peu fréquenté.
4. Au Québec, il y a plusieurs festivals de littérature.
5. En Belgique, on aime beaucoup cet auteur.

Piste 77
1. exposer
2. le visuel
3. la France
4. il est situé
5. le tourisme
6. la construction
7. refuser
8. touristique

Piste 78
1. un visiteur
2. une sculpture
3. zéro
4. une muse
5. un festival
6. une conférence
7. des zones
8. des œuvres

Piste 79
1. un investissement
2. une statue
3. une entreprise
4. un masque
5. des auteurs
6. présenter

Piste 80
1. il expose
2. un spectacle
3. un visiteur
4. zéro
5. un musée
6. touristique
7. un vestiaire
8. des œuvres
9. une salle

Piste 81
1. une chapelle
2. dangereux
3. un euro
4. un musée
5. une œuvre
6. amoureux

Piste 82
1. une banlieue
2. la jeunesse
3. un amateur
4. nombreux
5. au cœur de
6. un lieu

Piste 83
1. un meuble - un peu - un immeuble - l'heure
2. une œuvre - le milieu - le vœu - il peut
3. le fleuve - à l'extérieur - nombreux - l'accueil

Piste 84
1. une banlieue
2. une fleur
3. un immeuble
4. un lieu dangereux
5. un vœu
6. un cœur

UNITÉ 8

Piste 85
- Chères auditrices, chers auditeurs, nous sommes le 21 juin, l'été est arrivé. Ce sont bientôt les grandes vacances! Et c'est notre sujet du jour avec Didier Besson. Bonjour, Didier!
- Bonjour, Thierry!
- Ce matin, vous allez nous parler des vacances des Belges. Tout d'abord, dites-nous combien de Belges vont partir en vacances cet été.
- Cet été, 60 % d'entre eux partiront en vacances. C'est plus que l'année dernière où seulement la moitié des Belges est partie en vacances pendant l'été.
- Et les Belges, sont-ils des juillettistes ou des aoûtiens?
- Ils préfèrent partir au mois de juillet, mais les aoûtiens partent plus loin.
- Alors, plus de Belges vont partir cette année. Est-ce qu'ils vont aussi dépenser plus que l'année dernière?
- Eh bien non, Thierry. Le budget est plus petit cette année, environ 2 200 € par famille. C'est pour cela que les Belges ne vont partir qu'une seule semaine. C'est la nouvelle tendance de cette année : on s'offre des vacances, mais pour une plus courte période.
- Où iront les Belges cet été?
- La France reste la destination préférée des Belges : un tiers d'entre eux iront en France. Un Belge sur cinq ira en Espagne. Les autres resteront en Belgique ou iront aux Pays-Bas, en Italie par exemple. Un peu plus de 15 % des vacanciers quittent l'Europe.
- Et pour le logement?

○ De plus en plus de Belges séjournent dans la maison d'un membre de la famille ou dans celle de leurs amis. Cette année, ils sont 35 % à faire ce choix. 30 % choisissent de loger chez l'habitant et un quart va camper.
• Merci Didier Besson pour toutes ces informations sur nos habitudes estivales. Chères auditrices, chers auditeurs, nous vous souhaitons bonnes vacances !

Piste 86
1. Dennis
Le tourisme pollue beaucoup, spécialement les transports en avion. Je suis très sensible à l'écologie, mais je ne veux pas non plus m'arrêter complètement de voyager. Pour continuer à partir à l'étranger, j'ai changé ma manière de voyager. Pour les transports, je privilégie le train. Pour l'hébergement, je sélectionne des adresses qui sont écologiques et pour l'alimentation, je mange des produits locaux. Ce n'est pas parfait, mais je fais ma part.
2. Sybil
Je n'ai pas beaucoup d'argent, mais j'adore voyager… Alors, j'ai trouvé une solution pour découvrir le monde avec un petit budget : le CouchSurfing. Vous connaissez ? Vous vous inscrivez sur le site, et vous pouvez trouver des personnes qui vous accueillent chez elle partout dans le monde. C'est gratuit et vous pouvez découvrir la culture et la ville grâce à votre hôte.
3. Kamil
Je cherche toujours un voyage différent, pas comme les autres. Je ne veux surtout pas courir d'une ville à l'autre pour voir uniquement les temples, musées et autres lieux culturels. J'aime rencontrer la population du pays. Pour moi, la rencontre avec les villageois et les moments passés avec eux restent les meilleurs souvenirs d'un séjour.

Piste 87
• Agence Séjour de Rêve, Marie à votre service.
○ Bonjour, je souhaiterais avoir quelques renseignements sur vos séjours au Maroc.
• Avec plaisir. Lequel vous intéresse ?
○ Il y en a deux qui me plaisent. L'itinéraire dans l'Atlas et celui dans le Sahara. Je voudrais faire les deux, mais les adapter. Est-ce possible ?
• Oui, vous pouvez commencer par la randonnée à la montagne, puis continuer avec le séjour dans le désert. Combien de jours voulez-vous rester au Maroc ?
○ Huit jours.
• Afin de faire les deux circuits, il faut compter au moins dix jours, car l'itinéraire pour arriver au sommet du Toubkal prend six jours minimum. Normalement, il dure huit jours, mais on peut le réduire à six. Après il faudra une journée pour arriver dans le désert.
○ Je n'ai que 8 jours de vacances, alors je vais réserver seulement le premier circuit.
• D'accord. Vous voulez réserver votre séjour maintenant par téléphone ou préférez-vous le faire en ligne ?

Piste 88
1. Mon mari et moi avions besoin de passer plus de temps avec nos deux enfants. Nous avons décidé de partir en voyage pendant un an pour prendre le temps de vivre et sortir de notre routine métro-boulot-dodo. Nous sommes partis en Amérique du Sud. Quand nous sommes arrivés au Chili, nous avons acheté un camping-car afin de ne pas trop dépenser pour le logement. Toute la famille garde de ce voyage un souvenir merveilleux.
2. Il y a deux ans, j'ai fait un *burn-out*. J'étais déprimé et j'avais besoin d'un grand changement dans ma vie. Ma femme m'a proposé de faire le tour du monde : un pays sur chaque continent.
3. Je n'ai pas beaucoup voyagé pendant ma vie, alors quand j'ai pris ma retraite à 65 ans, j'ai eu envie de découvrir le monde. Chaque année, je pars seul pendant deux mois dans un pays. J'ai déjà visité le Vietnam, le Canada, le Brésil et la Chine. Je voyage à vélo pour rencontrer plus facilement les habitants.

Piste 89
• Tu as passé de bonnes vacances ?
○ Oui ! C'était magnifique, le Maroc est un superbe pays !
• Tu es resté combien de temps là-bas ?
○ dix jours. C'était ni trop peu ni trop court.
• Tu as l'air en forme en tout cas.
○ Merci.

Piste 90
1. Ici, c'est la plus grande chambre.
2. L'année passée, c'était vraiment bien mieux !
3. Nico, tu arrives quand ?

Piste 91
1. Nous visitons beaucoup / Nous improvisons beaucoup.
2. Les enfants partent avec nous / Mes collègues partent avec nous.
3. Trois promenades en deux semaines / Trois excursions en une semaine.
4. Dans six mois / Dans un mois.
5. Elle a très envie / Elle a très mal.
6. Un grand événement / Un grand voyage.

Piste 92
1. Ils viennent avec leurs amis écossais.
2. C'est mon premier anniversaire à l'étranger.
3. Elle prend des cours dans une école en Espagne.
4. Elle voyage en Amérique et au Mexique.

Piste 93
1. les raisons
2. rapidement
3. le temps
4. le monde
5. la destination
6. traditionnellement

Piste 94
1. seulement
2. la chance
3. improviser
4. gratuitement
5. il vient
6. le train

TRANSCRIPTIONS DES ENREGISTREMENTS

Piste 95
1. des indications
2. une maison de vacances
3. impatiemment
4. important
5. sans obligation

Piste 96
1. directement
2. calmement
3. rapidement
4. absolument
5. joliment

Piste 97

1.	2.	3.
absolument	raisons	inconnu
ensuite	nombreux	moyen
globalement	montagne	quotidien
changer	mondial	moins
pendant	bon	juin
membre	solution	loin
chambre	mission	un

DELF

Piste 98
Chers étudiants, en tant que proviseur du lycée Albert Camus, je souhaite tout d'abord vous féliciter pour votre engagement au cours de cette année scolaire, et aussi pour votre réussite au baccalauréat 2017. En effet, nous venons de recevoir vos résultats et vous avez obtenu un taux de réussite de 98 %. C'est extraordinaire ! Bravo à tous ! Vous êtes maintenant probablement impatients de connaître vos notes. L'équipe pédagogique est en train d'afficher les résultats dans la salle Victor Hugo, à côté de la cafétéria. Vous pourrez y accéder tout à l'heure à partir de 14 h 30. Si vous préférez découvrir vos résultats seul et tranquillement, sachez que les résultats seront également disponibles ce soir à 20 h sur le site Internet : lesnotes2017.bac.fr. En attendant, je vous invite à venir partager un cocktail avec vos camarades et professeurs. Encore bravo et bonne continuation à tous !

Piste 99
Vous êtes sur le serveur vocal de l'office de tourisme de Morne-à-l'Eau, Guadeloupe.
Bienvenue ! ou... « Byenvini » comme on dit en créole guadeloupéen ! Pour connaître nos horaires d'ouverture, tapez 1. Pour des renseignements sur la programmation des événements sportifs et culturels de cette semaine, tapez 2. Pour connaître nos itinéraires éco-responsables et découverte de la ville, tapez 3.
(bip)
Du 19 au 26 mars, Morne-à-l'eau fête le crabe ! L'occasion rêvée de découvrir les produits locaux et de déguster les spécialités culinaires de la Guadeloupe. Au programme, concours de recettes à base de crabe, rencontres et échanges avec les artisans locaux qui se feront un plaisir de vous faire déguster leurs produits, animations et ateliers pédagogiques pour les petits et les grands, autour du thème du crabe. Pour plus d'informations, n'hésitez pas à consulter notre site Internet : www.ville-mornealeau.fr/feteducrabe. À bientôt !

Piste 100
• Je suis d'accord avec vous, et pour ces jeux, plaçons la barre haut !
◦ Et vous, monsieur Bonou, un dernier mot concernant votre sentiment suite à l'annonce officielle de Paris 2024 ?
▪ Oui... je suis content ! Paris, ville des Jeux olympiques et paralympiques en 2024, c'est une bonne chose... mais je reste convaincu que ces jeux doivent être avant tout populaires et citoyens. Pour que cet événement soit réussi, je le répète et je le répéterai encore, l'organisation des Jeux doit être l'affaire de toutes et tous. Les populations locales, les sportifs, les bénévoles des clubs, les enseignants, toutes celles et ceux qui font vivre le sport au quotidien dans notre pays doivent y être pleinement associées. Ce sont eux qui doivent porter les valeurs fondamentales du sport : le dépassement de soi, la mixité et la fraternité.
• Merci, monsieur Bonou et merci à tous les intervenants pour ces échanges d'idées ! Et maintenant je vous propose ...

Piste 101
• Aaatchoum ! Ah ! la la ! Avec l'hiver et le stress, c'est un peu dur pour mon corps !
◦ Oh mon pauvre chéri... viens ici ...
• Hihi ! Qu'est-ce-que tu fais ?
◦ Je te fais un gros câlin pour t'aider à guérir, quoi !
• Tu penses qu'un câlin et des bisous vont résoudre mes problèmes de santé.
◦ Ohhh ... ce n'est pas un très gros problème quand même ! C'est un petit rhume ! Et oui, je pense que mes marques d'amour peuvent t'aider à te sentir mieux. Tu sais, une expérience a été faite sur des lapins. D'un côté, des lapins qui ne recevaient aucune attention – ils sont tous morts – et de l'autre côté, des lapins qui ont vécu longtemps car ils étaient bien nourris et bien traités.
• Attends, attends ... tu me compares à un lapin ? Cet animal aux grandes oreilles...
◦ Ben oui ... tu sais les humains et les animaux sont un peu similaires. Pour être en bonne santé, on a besoin de bien manger et de donner et recevoir beaucoup d'amour !
• Bon écoute, je veux bien être choyé et câliné.... mais d'abord je vais prendre mon médicament comme me l'a prescrit le médecin.... Aaatchoum !